白話聊齋誌異

齊力子 編著

商務印書館

白話聊齋誌異

編　　著：齊力子

責任編輯：葉常青

出　　版：商務印書館 (香港) 有限公司

　　　　　香港筲箕灣耀興道 3 號東滙廣場 8 樓

　　　　　http://www.commercialpress.com.hk

發　　行：香港聯合書刊物流有限公司

　　　　　香港新界荃灣德士古道 220-248 號荃灣工業中心 16 樓

印　　刷：中華商務彩色印刷有限公司

　　　　　香港新界大埔汀麗路 36 號中華商務印刷大廈

版　　次：2022 年 6 月第 18 次印刷

　　　　　© 2005 商務印書館 (香港) 有限公司

　　　　　ISBN　978 962 07 1745 1

　　　　　Printed in Hong Kong

目 錄

蒲松齡與《聊齋誌異》

　　《聊齋誌異》這本中國著名的鬼故事書，可謂膾炙人口。就算沒聽過這本書的人，大抵也曾看過倩女幽魂、鬼狐精怪之類的故事或電影。可是名著的作者蒲松齡卻是一個潦倒書生，終生落泊，他的際遇相信跟一生中只賣出一幅畫的西洋名畫家梵谷差不了多少。

　　蒲松齡（1640-1715）是山東淄川人，生於清朝初年的一個書香世家，父親也是個讀書人，但因家境困難，只有棄儒經商。蒲松齡年少時薄有才名，可惜屢試不第，一直到七十一歲高齡才做到貢生，不可謂不辛酸。需知道那時候莘莘學子要出頭，非要獲得功名不可，正因他仕途坎坷，一生也就在貧窮中掙扎，在鄉間當了大半輩子塾師。

　　蒲松齡雖熱中功名屢次應試，卻又傲視權貴不屑事之。在艱難的時勢之中，他也意識到仕途黑暗，難有出頭之日，因此將畢生的精力傾注在鬼怪故事之中。蒲松齡自言很喜歡搜集神怪事情和聽別人講鬼故事，有空的時候就執筆整理這些鬼故事材料，久而久之，四方的朋友都深知他的嗜好，就都寄一些鬼怪奇聞故事來，逐漸積聚日多。蒲松齡到五十歲時把材料修定成書，總共九卷四百三十一篇，初名《鬼狐史》，可見此書是鬼狐故事之大匯了。

《聊齋誌異》一向受到極高的評價，魯迅曾指《聊齋誌異》雖不過是記載鬼狐精怪的故事，但比別的鬼故事書描寫得曲折得多，敘事井然有條，且用上傳奇的手法，把變幻奇異的情狀描寫得如在目前。就拿〈畫皮〉一篇為例吧，主人公初遇美女，真是如入天堂；忽又發現美女竟是妖精變的，心情忽墮地獄了；後來被鬼害死，不也就真正落了地獄嗎？誰知峰迴路轉，結局卻又叫人意想不到。故事恐怖迷離極具真實感，讀者彷彿身歷其境。還有，此書寫鬼狐精怪都很有人情味，並非一味是狐妖作祟的記述，也是與別不同之處。無怪魯迅稱讚《聊齋誌異》是古代文言短篇小說裡的巍峨高峰了。

1. 偷桃

　　小時候，到省城去，參加府考，正巧趕上"立春"節。老風俗，在過節的頭一天，城裡各行各業的買賣人家，都要搭起彩樓子，吹吹打打地去長官衙門拜望，這叫做"演春"。

　　誰不喜歡看熱鬧呵，我和小伙伴也一道去了。這天，逛着玩的人，你來我往，滿街滿巷，擁擁擠擠，密不透風。只見大堂上有四個官對面坐着，都穿着大紅袍。那時我年幼，也不清楚是甚麼官。只聽得說話聲嘈嘈嘈嘈，鼓聲喇叭聲直震耳朵。

　　這時候，忽然有一個人，領着個披散頭髮的兒童，挑着副擔子，走到堂口去，似乎在說些甚麼。因為聲響雜亂，也聽不清說的甚麼。但見堂上的官們嘻嘻哈哈，指手劃腳。有個穿青衣的差人大聲喊着叫演節目。那個挑擔子的人放好家雜，擺開架式，問道："演甚麼節目？"堂上的人互相看看說了幾句話，有個小吏下來問甚麼節目最拿手。那人回答說："能顛倒季節時令，長出各樣生物。"小吏回報長官後，又下堂來命令取桃子。

　　變戲法的人答應說："好！"脫下上衣蓋在竹箱子上，故意埋怨說："官長也真不明事理！冰天雪地的，從哪裡能得來桃子呀！要是不去找吧，又怕長官怪罪下來。這可難死人了。"他兒子說："阿爹已經應許下來，怎麼能再推辭呢！"變戲法的難為了好大一陣子，才說："嗯，我謀慮透了，春初時節，雪厚冰封，人世間哪裡能有桃子？只有天上王母娘娘的花果園裡，四季不落葉，月月有果結，或許有桃子。如今，只有上天去偷才可！"

兒子很驚奇：「嘿嘿！天能夠爬得上去嗎？」變戲法的說：「我有法術嘛！」

於是，變戲法的打開箱蓋子，取出一大團繩子，足有幾十丈長。慢慢理出繩頭，往空中拋去，喝！繩子立即懸在半空裡，就像有甚麼東西給掛住一樣。轉眼間，繩子越拋越高，飄飄搖搖進了雲層，手裡的繩子也拋完了。變戲法的招呼兒子：「兒呵，過來！我年老體弱，身子笨重，上天是去不成了，只好你去走一趟吧！」說話間，把繩子交給兒子，囑咐說：「抓着這個就能攀上天去！」兒子接過繩子，很是為難，埋怨說：「老人家也是老糊塗啦。這麼一根細繩，要我靠它去攀登萬丈高天，可太玄啦！要是半路裡斷了，那還不摔個粉身碎骨呵！」父親哄着兒子說：「我已說下大話，後悔也來不及啦！兒呵，別怕吃苦受累，大起膽子來，去走一趟吧！要是真能偷得桃來，長官一高興，還不得給個百兒八十的賞錢。那我准定給兒娶個漂亮媳婦！」

兒子拉着繩子試了試，還真結實，騰身一躍，離開地面。只見他抓着繩子，手移腳隨，盤旋而上，就像蜘蛛吊蛛絲一樣，漸漸進入雲霄，看不到了。

人們屏氣靜心地等了好大一陣子，從天上忽然掉下個桃子來，像飯碗那麼大的個兒。變戲法的可高興啦，急忙揀起，雙手捧着，獻到堂上去。那幾個官兒，手托着桃，你傳給我，我傳給你，端詳了好久，也分辨不清楚這桃子是真的還是假的。

突然，繩子刷地一聲，噗啦啦落在地上，全院人都大吃一驚。變戲法的慌張地說："壞事了！天上有人把繩子給弄斷了！我兒可怎麼辦呵！"一會兒，天上掉下一件東西來，一看，是他兒子的腦袋。變戲法的捧起人頭來哭泣着說："準是偷桃子，被看守發覺了。我兒沒命了！"又一會兒，掉下一隻腳來；不多會兒，身軀四肢紛紛掉了下來。人們的心揪得緊緊地，滿院一片哀傷氣氛。

變戲法的嗚嗚地大哭起來，將掉落在地面上的殘肢，一一揀起來，裝進竹箱子裡，輕輕蓋好，嗚咽着說："我老頭子就這麼一個兒子呀，成天隨着我走南闖北，賣藝糊口。如今，遵從長官的命令，去偷桃子，不料遭到這麼淒慘的禍事！我只得背回去埋葬了！"接着，

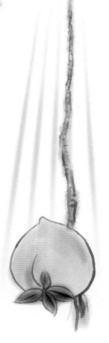

走上堂去，跪在地上哀求說："為了偷個桃子，殺了我的兒子！可憐我這孤老頭子，請長官幫忙埋葬了這孩子，我死了也要報答恩德呵！"

堂上的官們，又害怕又驚奇，這個那個的都給了些賞錢。變戲法的收起錢來，裝進腰包，然後走下堂來，敲着竹箱子呼喚着："八八兒，不趕緊出來謝賞，還等待甚麼呀！"突然，一個亂蓬蓬頭髮的兒童，頭頂起箱子蓋鑽了出來，朝北跪下叩了個頭。大伙都給驚呆了，定睛細看，這個兒童正是變戲法人的兒子！

因為戲法出奇，所以直到如今還能記得呢！後來聽到白蓮教能使這種法術，大概這是他們的徒子徒孫吧！

2. 種梨

　　有個鄉下人在市集上賣梨，那梨又甜又香，價錢卻很昂貴。一個穿破衣爛衫的道士，在車前乞討。鄉下人呵斥他也不走。鄉下人生了氣，對他大聲責罵。道士說：“你一車子幾百顆梨，我窮老道只乞討一個，對你也沒有多大損失，何必生氣呢！”旁觀的人勸賣梨的給道士一個壞梨讓他走吧，鄉下人執拗着怎麼也不肯。

　　店舖裡的一個傭工，看到爭吵的不像話了，就拿錢買了一個梨，送給道士。道士拜謝，對大伙說：“出家人不知道吝嗇。我有好吃的梨，願意拿出來請客。”有人說：“既然你有梨，怎麼不吃自己的呢？”道士說：“我專門要這梨核作種子呢。”於是，道士捧着梨大口吃起來。吃完，把梨核捏在手裡，解下肩上背的鐵鏟，在地上挖了個幾寸深的坑，將梨核放進去，蓋上土。又向人們討要熱水澆灌。好事的人在臨街店舖裡要來了開水，道士接過去澆在挖的坑裡。許多人聚集來看熱鬧，只見有彎彎的幼芽冒出土來，慢慢大起來；不一會兒就長成樹，枝葉茂盛披散着；轉眼開了花，又結了果，果大芳香，纍纍滿樹。道士就在樹頭上摘下果子送給觀眾，剎時間就分光了。分完梨後，道士就用鏟砍樹，叮叮地砍了好久才把樹砍斷，帶着枝葉扛在肩膀上，從從容容慢慢走了。

　　開始，道士施展法術時，那個鄉下人也夾雜在人群裡伸長脖子注意觀看，竟然忘了賣梨。道士離開以後，他才回頭看自己的車子，梨已經沒有了。這才醒悟到那道士剛才散發的梨，都是自己的東西。又仔細一看，一個車把沒有了，是新鑿斷的。心裡極為憤恨，急忙追趕道士。轉過牆角，看見那斷了的車把丟棄在牆下邊，才知道那道士砍斷的梨樹就是這個車把。道士卻不知哪裡去了。滿集市上的人都齜着牙笑話鄉下人呢。

3. 嶗山道士

縣裡有個王生，排行老七，是個官宦人家子弟。從小就羨慕道教的法術，聽說嶗山有很多神仙，就背上書箱去尋訪。

登上一座山頭，有個道院，很是幽靜。有個道士坐在蒲團上，白髮披到脖頸，神采高超，不同凡俗。王七拜見後和他談話，老道士講說的道理非常奧妙，王七請求拜老道為師。老道士說："恐怕你嬌氣懶惰，不能吃苦耐勞！"王七回答說："我能吃苦！"

老道士的徒弟很多，傍晚集合在一起，王七一一向他們行禮。於是，王七就留在道院裡。大清早，老道士喊了王七去，交給他一把斧子，讓他跟隨大伙去打柴割草。王七恭敬地接受了。

過了一個多月，王七手腳都生了厚厚的老繭，吃不下這種苦，暗暗有了回家的意思。

一天傍晚，回到院裡，看見有兩個人和師父一塊喝酒。天色已晚，還沒點起燈燭。師父就剪了張紙像鏡子一樣，貼在牆上。一會兒，那張圓紙像月亮般明亮，光耀全屋，亮得可以看到細針。各個門人圍繞四周，聽候差遣。

一個客人説："美好的夜晚，極興的快活，不能不共同享受！"就在桌子上拿了壺酒，分賞給各個徒弟，並且囑咐盡酒量喝。王七心裡想，七八個人，一壺酒哪裡分得過來？徒弟就各自找碗和杯子，爭着先喝酒，只怕壺酒喝完。可是斟了一遍又一遍，壺酒竟沒有減少一點。王七很覺奇怪。

一會兒，一個客人説："承蒙賞賜月光照耀，可是就這麼悶悶喝酒嗎？怎麼不呼喚嫦娥前來呢！"於是把筷子扔進月亮裡面，只見有一美人，自月光裡出來，起初不滿一尺，落在地上，就和人一般高了。她那纖細的腰身，秀美的脖頸，飄忽着跳起霓裳舞。接着，唱起歌來："仙仙乎，而還乎，而幽我於廣寒乎！"歌聲清脆悠揚，強烈得像是簫管演奏。唱完歌子，飛旋着飄起，跳到案几上。大伙正在驚奇地看時，那美人已經又變成筷子了。師父和客人哈哈大笑起來。

又一個客人説："今天夜晚特別高興，可是酒實在不能再喝了。還是到月宮裡給我飲酒送行吧！"三個人和酒席都移動着，漸漸進到牆上的月亮裡去了。徒弟們看着那三個人坐在月亮中間飲酒，連鬍子眉毛都看得清清楚楚，就像人影顯現在鏡子裡一樣。

過了一陣子，月亮漸漸暗下去。徒弟們點來蠟燭，只見老道士獨自坐着，客人都已經沒有影蹤了。案几上還剩下菜餚和果核，牆上那個月亮，只是一張鏡子般圓的紙片罷了。道士問大伙："酒喝足了嗎？"回答説："喝足了！""既然喝足了，就應該早些睡覺，別耽誤了明天打柴割草！"大伙答應着退下去。王七心裡羨慕師父的法術，回家的念頭打消了。

又過了一個月，王七受苦實在熬不過去了，而且道士又沒有傳授一點法術，心裡等不得了，告辭説："徒弟從幾百里外前來向仙師學道，即使不能學到長生不老的秘訣，如能學到一點小法術，也可安慰一下我這求知的心願。如今經過兩三個月，只不過是早晨打柴晚上回來。徒弟在家裡時，從來還不習慣這般苦役。"道士笑起來，説："我本來就説你吃不了這苦，如今果然是這樣。明天早晨就可以打發你走。"

王七説："徒弟幹了這麼多日子的苦工，師父略微傳授點小法術，也算沒白來一趟。"道士問："你要求學甚麼法術呢？"王七説："我常常看到師父走路，牆壁都隔阻不住。只要學到這個法術就滿足了。"道士笑着答應了。於是就傳授給王七秘訣，讓他自己唸咒語，唸完，道士喊道："進牆去！"王七面對牆壁，心裡害怕不敢走進去。道士説："試着進牆！"王七慢步前進，到了牆前給擋住了。道士説："低下頭猛然進牆，不用猶豫。"王七果然離開牆幾步遠，低頭奔跑過去，到了牆壁，如同空空的沒有物件，回頭一看，已經是在牆外面了。王七十分高興，回來拜謝師父。師父説："回去後應當行為端正，不然法術就不靈驗了。"就發給王七盤纏費用，打發他回家去了。

王七回到家，自己誇説遇見了神仙，多麼堅硬的牆也阻隔不住自己。他的妻子不相信。王七就按照道士教給的做法，離開牆壁幾尺遠，低頭奔過去，頭碰到硬牆上，猛地跌倒了。妻子扶起來看，王七的額頭上鼓起個大包像雞蛋那麼大。妻子嘲笑他。王七又是羞愧又是氣憤，大罵老道沒長好心眼。

4. 蛇人

　　東郡某甲，以玩蛇作職業。他餵養着馴服的兩條蛇，都是青色，大的叫作大青，小的叫二青。二青頭頂上有個紅點，特別靈透馴順，玩起來昂頭擺尾，左右盤旋，完全適應蛇人的心意，蛇人特別喜愛牠。第二年，大青死了，蛇人想補大青的缺，再養一條蛇，但還沒得閑去尋覓。

　　一天夜裡，蛇人寄宿在山寺。到了天明，打開盛蛇的竹箱子，二青也不見了。蛇人失望悔恨得要死。到處尋找，急切呼喚，竟然沒有一點蹤影。過去，每逢密林深草的地方，蛇人就放出蛇去，使牠自在一番，不多會兒牠就返回來。由於這個緣故，就盼望着牠仍然像過去一樣自己返回。於是，坐在那兒等待着。太陽升起老高了，不見回轉，蛇人也沒了盼望，愁眉苦臉地就走了。剛出廟門不遠，聽得草木叢裡窸窸窣窣作響。蛇人停腳驚愕地觀看，原來是二青來了。蛇人非常高興，好像得了寶物，把擔子放在路旁，二青也停下來。蛇人看看二青後面，還有條小蛇跟着呢。蛇人撫摸着二青説："我以為你走了呢。小伙伴是你薦舉的吧？"拿出食物來餵二青，又餵小蛇。那小蛇雖然不走，可是卻畏畏縮縮地不敢吃食。二青就含着食物去餵小蛇，好像主人讓客人似的。蛇人又再餵，小蛇才吃了。小蛇吃飽後，隨着二青都進了竹箱子。蛇人擔起竹箱去了。他教給小蛇作戲，無論盤旋曲折都能合符要求，聰明伶俐法和二青簡直沒有兩樣，所以就給牠起名叫小青。到處表演，受到讚賞，蛇人靠牠掙了不少錢。

大凡蛇人玩蛇，止以二尺作標準。大了身子太重，就得換新蛇。只因二青太溫馴，所以不捨得馬上放棄。又過了二三年，二青身長已經三尺多了，盤臥起來箱子都佔得滿滿的。蛇人就決定放走牠。一天，到了淄川東山裡，蛇人餵了二青好吃食，唸叨一番，放牠走了。二青去了，不一會又回來，圍着竹箱轉來轉去。蛇人揮手說："去吧！世上沒有不散的筵席。自今而後，在深山大谷隱藏身軀，必當成為神龍。這個竹箱裡怎麼能長久住下去呢！"二青又走了。蛇人看着牠走去。不大會兒，二青又回來，蛇人揮手趕牠，牠不走，卻用頭頂叩碰竹箱子。小青在箱裡，也動彈得竹箱子直響。蛇人才醒悟說："莫非要和小青告別嗎？"就打開竹箱子。小青爬出來，直奔到二青身前，兩條蛇頭交叉一起，吞吐着舌頭，似乎相互間你言我語。待了一陣，兩條蛇蜿蜿蜒蜒並排着走了。蛇人正在想這次小青也許不回來了，不多時候，那小青孤伶伶地獨自回來，又爬進竹箱裡去了。從這起，蛇人不時訪求一條補缺的蛇，可是一直沒有好的。小青也慢慢長大起來，不適合耍弄了。後來尋到一條蛇，也怪溫馴，可是終究不如小青靈透。這時小青已經有孩子胳臂那麼粗了。

原先，二青躲在山裡，打柴人常常能見到牠。又過了幾年，二青長到幾尺長，碗口般粗細，時不時地竄出來追逐過路的人，因而來往行人都互相告誡，不敢再走這條道路。一天，蛇人路經這裡，二青颶風般突然竄出來。蛇人嚇壞了，趕忙奔跑。蛇追趕得更急，蛇人回頭一看，那蛇已快追上來了。蛇人一看蛇頭，上面明顯的有個紅點，才悟過來是二青呵。他放下擔子，招手說："二青！二青！"那蛇馬上停住，抬頭看着，待了好大一陣，然後縱身過來，盤繞住蛇人，就和以前作戲那樣。蛇人覺察到二青並無惡意，只是身子又粗又重，纏在身上實在受不住。蛇人臥倒在地，呼喚着，告訴着，二青才放鬆開來。牠又用頭碰竹箱子。蛇人領會到牠的意思，打開箱子放出小青。兩條蛇一見面，親熱得身軀交纏一起，像是麻花糖一樣，待了好久才分開。蛇人就囑咐小青："我早就想要和你分別，如今你有伴了。"又對二青說："原是你領小青來的，還是你領牠去吧。再囑咐一句話：深山裡不缺少吃的喝的，不要驚擾過路的人，以免受到上天的懲罰！"兩條蛇低着頭，似乎接受蛇人的忠告。然後，猛然動身，大的在前面，小的在後面，走去了，走過的地方那草木都被分劃開來。蛇人站立看着，直到看不見了才離去。

從這，過往行人照常走這條路，不知道二青和小青到哪裡去了。

5. 妖術

于公，年輕時就行俠仗義，愛好武術，力氣很大，能抓着個銅鼎作旋風舞。明代崇禎年間，他在京城參加宮廷考試，僕人得了疾病，臥床不起，于公很是憂愁。正巧，街市上有個算卦很靈的人，能算定人的生死，于公就打算去替僕人問卦。

于公到了那裡，還沒開口。算卦人說："先生莫不是要問僕人的病嗎！"于公很驚奇，答應說是。算卦人說："病人不要緊，先生您可是很危險！"于公就請他給自己算卦。

　　算卦人擺了一卦，吃驚地説："先生你三天以內就當橫死。"于公又驚奇又詫異，愣了一大陣。算卦人從從容容地説："我倒有點小法術，你酬謝我十兩銀子，我就能替你祈禱求神，消災避難。"于公心想，該活該死已定規好了，法術哪能解救得了。於是，也不回話就站起身來，打算出門。算卦人説："捨不得花這幾個小錢，可別後悔，可別後悔！"愛護于公的人都為他擔心害怕，勸説他倒空錢袋來哀求算卦人救命。于公沒有聽從。

　　很快到了第三天，于公端坐在客房裡，平靜地觀察着。一整天過去也沒有發生意外。到了夜裡，關上門點上燈，倚着寶劍挺直身子坐着，一更將要過去，也沒有甚麼死法。

　　于公正打算躺下睡覺，忽聽窗櫺的縫裡窸窸窣窣有聲響。急忙看去，見一個小人扛着長槍鑽進來，落在地上，就和人般高了。于公抓劍起身，趕忙刺去。那小人飄在半空，沒有被擊中，就猛然變小，又尋找窗縫，打算逃跑。于公趕忙砍去，手一到，那小人就砍倒了。于公拿燈照看，原來是個紙人，已被從腰間斬斷了。

　　于公不敢再躺下，又坐着等待。過了一陣，有個東西穿破窗紙進來，形象猙獰像鬼一般。那怪物剛剛落地，于公急忙一砍，怪物被砍成兩截，還在一伸一縮地動彈。于公怕它再起來，又接連砍了幾下，每劍都砍中，聲音不像軟東西，細細觀看，卻是個泥巴偶像，已經碎成一片片的了。

　　於是，于公就把座位移到窗子下面，坐在那裡瞪着雙眼注視着窗縫。過了好長時間，聽得窗外像老牛喘氣般聲響，有東西推搦着窗戶櫺子，牆壁也在震動，情勢像要倒下來。于公怕塌了房子被壓住，盤算不如出去和它戰鬥，就霍地拉開門栓，跑出房外。

只見有個大鬼，身高齊到房檐。在昏暗的月光中，看見它臉黑得像煤，眼睛閃爍着黃光，上面沒穿衣服，下邊沒有鞋子，手裡拿着弓，腰袋插着箭。于公正在吃驚，那大鬼卻拉弓射箭了。于公用劍撥去射來的箭，箭落在地上。于公正要進擊，那大鬼又拉弓射箭了。于公急忙一跳避過，那箭穿在牆壁上，顫抖着發出聲響。大鬼十分憤怒，拔出腰刀，揮動如風，朝着于公用力劈來。于公低頭彎腰衝向前去，那刀卻擊中院子裡的石塊，石塊立刻斷成兩截。于公鑽過大鬼的兩腿之間，用劍削中大鬼的腳踝，吭地響了一聲。大鬼更加憤怒，吼

叫如雷，轉過身來又剁下來。于公又伏下身子鑽過去，那刀落下，斬斷于公的裙子。于公已鑽到了大鬼的胸肋間，猛然砍去，又是吭地一聲，大鬼跌倒不動了。于公又亂砍了一陣，聲音很硬，像敲木梆子般。用燈照看，是個木頭人，身軀和人一樣，弓和箭還纏在腰間，那木頭人臉刻畫得很兇惡，劍砍的地方都冒出血來。

於是，于公掌着燈，坐等天明。這時才醒悟到那些鬼物全是算卦人派遣來的，打算把人給整死，來證明他算卦靈驗神奇。

第二天，于公把事情告訴了各處的知己朋友，和他們一起到了算卦人的住處。那算卦人遠遠看見于公來了，一眨眼便不見了。有人說：「這是隱身法，用狗血就能破除。」于公就按那人說的，做好準備又去了。那算卦人又像上次那樣隱去身影。于公急忙用狗血潑向算卦人站的地方，只見那算卦人頭上臉上全是狗血模糊，閃動着兩隻眼，像鬼樣站着。于公捉住算卦人，送到官府，官府把算卦人殺了。

6. 葉生

淮陽縣有個葉生，忘記他叫甚麼名字了。他的文章詞賦寫得好，當時沒有人能比得上，可是處處不得志，科舉考試總是考不取。正巧，關東丁乘鶴來當這縣的縣官，見到葉生的文章，很是驚奇欣賞，召見談話，甚為喜愛。就讓他到衙門裡來讀書，還常常賞賜金錢糧食周濟他的家庭。

到了科考時候，丁公向學使推薦，稱讚他的學問，於是，葉生預考得了第一名。正式考試後，丁公要了葉生的考試文章來讀，拍案叫絕，十分讚賞。誰知道天數限人，文章好了運氣就不佳，張榜了，仍然沒有考中。葉生垂頭喪氣地回來了，覺得對不起知己的丁公，清瘦得皮包骨，傻呆得像木頭人。丁公知道了，叫他來竭力安慰。葉生只是傷心落淚。丁公非常同情，約定等做官任滿進京時，帶他一塊北上。葉生萬分感激，告辭回了家，閉門下苦功讀書。

　　不久，葉生病倒了。丁公經常派人贈送東西，進行慰問。可是，葉生吃了上百副藥，病情也不見好轉。丁公正因得罪了上司被免了官，將要解官回去，寫了封信給葉生，大致說：「我就要東去了，所以遲遲不走，是等着你來。你早晨來到，我們晚上就可出發了。」信送到病床前，葉生拿着信哭泣着，告訴來人捎話：「自己病得厲害，難以很快好轉，請丁公先走吧！」來人回去稟告了，丁公不忍心走，仍然慢慢等待葉生。

　　過了幾天，看門人進來通報說葉生來了。丁公高興，出來迎接詢問。葉生說：「因我有病，麻煩老師等待，越想心越不安。如今幸而可以追隨在您左右了。」於是，丁公收拾行李，等到天明，上路了。

　　到了老家，丁公叫兒子拜葉生為師，讓他們日夜在一起。公子名叫再昌，這時十六歲，還不會作文章，可是絕頂聰明，不管甚麼文章，讀上三兩遍，就忘不了。過了一年，再昌就能下筆作出文章，加上丁公的力量，就考中了秀才。葉生就把自己考舉人的作業，全寫出來教給公子讀熟。考場出的七個題目，全都在裡面，再昌中了第二名舉人。

一天，丁公對葉生説：“你拿出點多餘的才學，就幫着我這笨兒子中了舉人。可是，你這有才學的人，卻長期被埋沒，那怎麼行呢？”葉生説：“這大概是命裡注定的吧！借着你家的福氣，給我的文章出了氣，讓天下人知道我半輩子淪落，並不是文章不行，我的願望也就滿足了。況且，書生得到一個知己，也就不覺得遺憾了，何必丟掉白布秀才衣裳，才算是走運呢！”丁公覺得葉生長期在外，擔心他耽誤原籍歲試，勸他回去探親。葉生聽了，臉色淒慘很不痛快。丁公不忍勉強他走，於是囑咐公子進京，給葉生交錢捐了個監生。公子再昌又考中了進士，任命為部裡的主事官，帶着葉生去京城，進了國子監。兩人早晚常在一起。

　　過了一年，葉生在順天府考試，中了舉人。正好這時，再昌被派到南河治河，就對葉生説：“我這次前去，離着你家鄉很近，先生高高中舉，衣錦還鄉是個樂事！”葉生也樂意，選了個好日子，一同上了路。

　　到了淮陽縣界，再昌安排僕人和馬匹送葉生回家。葉生到家，看見門户很是冷落，心裡覺得淒涼悲傷，一步一挪地走到院裡。妻子端着簸箕走出房門，看見葉生，扔下簸箕嚇跑了。葉生傷心地説：“我現在中了舉了！三四年不見面，怎麼就忽然不認識了呢？”妻子站得遠遠的説：“你死了好幾年了，怎麼説中了舉人呢？這麼長久停放棺材沒能下葬，是因為家裡窮孩子小呵！如今，大孩子長成人了，就要看好墓穴安葬棺材，你不要作怪嚇唬活人呵！”葉生聽這一説，覺得失望，心裡空落落地，挪着步子走進屋裡，看見棺材擺在面前，身子一歪倒在地上就沒有了。妻子吃驚地一看，那葉生的衣帽鞋襪像蛇蛻皮般堆在地上。妻子難過極了，抱着衣裳大聲號啕。兒子從塾房回來，看到門前停着馬車，問清從哪裡來，嚇得跑進家告訴媽媽。媽媽哭着告訴了剛才的事，又仔細問了跟來的人，才明白了事情經過。

　　跟來的人回去了，公子聽了傷心流淚，趕忙坐車到葉家哭喪弔孝，拿出錢來辦理喪事，按舉人的身份葬埋了葉生。然後，又給葉生的兒子留下不少錢，請老師教他讀書，又將情況說給學使。第二年，葉生的兒子考中了秀才。

7. 王成

王成，平原人，原來是個官宦人家。這人好吃懶做，日子越過越窮，窮得只剩下幾間破房，沒有被子，就鋪着蓑衣睡。老婆嫌他懶，兩口子常吵架。

這時候正是三伏天，熱得難熬。村子外面有個周家園子，院牆、房屋全倒塌了，只剩下個亭子；村裡人圖涼快，很多人宿在這裡，王成也在這睡。天傍亮時，納涼睡覺的村裡人都走了。日頭出來有三竿子高後，王成才醒過來，擦擦眼，打個呵欠，拖着鞋，懶洋洋地出了亭子。剛走了幾步，就看見草裡有一股金釵，揀起來一看，還有小字，刻的是“儀賓府造”。王成祖上是王府的女婿，家裡原來的物件，大都記着這種字樣。這可怪了，這東西是哪裡來的呢？就攥着金釵琢磨起來。

忽然，有個老媽媽走過來，尋找金釵。王成雖然窮，可是很正直，伸手就把金釵遞過去。老婆婆接到手一看，很是高興，就說：“你真是拾金不昧呀！金釵不值多少錢，只因為是去世的丈夫贈送的紀念品，捨不得丟掉呵！”王成就問：“老人家的丈夫是誰呀？”回答說：“是原來的儀賓王柬之！”王成很驚奇：“那是我的祖父呵！您怎麼認識他？”老媽媽也很驚奇：“你就是王柬之的孫子嗎！我是狐仙，百年前和你祖父交情很厚。你祖父去世後，我就隱修起來。今天經過這裡丟了金釵，正好你拾到啦，這不是天數嗎？”王成也聽說過祖父有個狐仙妻子，所以相信她說的話，就請她回家去看看。

老媽媽跟着他回了家。王成叫妻子出來拜見。老媽媽看見媳婦面黃肌瘦，穿的補釘羅補釘，歎息說：“嘿！

王柬之的孫子竟然窮到這種地步！"又看到破灶裡沒生火，就說："家道敗落到這地步，這日子怎麼過呀！"王妻詳細述說了貧困情況，嗚嗚咽咽哭起來。老婆婆把金釵交給媳婦："你先當點錢買米，過三天我再來。"王成挽留她住下，老媽媽說："你連媳婦都養不起，我留下望着個空屋，於你有甚麼好處！"說完就走了。王成就把在園子裡拾釵遇見老媽媽，老媽媽是狐仙的事告訴妻子，妻子很怕。王成說狐仙可義氣啦，你別怕，要當老婆婆來侍奉她。妻子答應下來。

過了三天，老媽媽果然來了。拿出幾兩銀子，買了幾石糧食，晚上和媳婦睡在一張床上。媳婦原來還有點擔驚，見老媽媽這麼親熱，也不疑心了。

第二天，老媽媽對王成說："孫子呀！你要勤快些，做個小買賣吧，光承吃坐穿哪能長久呵！"王成告訴她沒本錢。老媽媽說："你祖父在世時，錢隨便花：我是世外的人，用不着這錢，從沒多拿過。這裡有積攢下的買花買粉的銀子四十兩，存着也無用。你拿去全買成夏布，馬上去京城，可以賺幾個錢。"王成拿了銀子，買了五十匹夏布回來。老媽媽給他打好行李，算計着六、七天就能到京城，囑咐說："要勤快，別懶惰；要快去，別緩慢。要遲到一天，後悔也晚了。"王成答應下來，帶着貨物，往京城去了。

到了半路下起雨來，衣服淋了個透濕，鞋上沾滿了濕泥。王成哪裡經受過這種艱苦，又累又乏。就到旅店暫歇，等晴了天再走。哪知道，這雨越下越大，嘩嘩啦啦直下到黑，房檐滴水像繩子一樣。過了一宿，地上更是泥濘，看看過路行人，稀泥沒了腳脖，王成心裡怕吃這苦。等到晌午，地上乾燥了些，一會兒又是陰雲四合，大雨傾盆。又過了一宿，才上了路。快到京城了，聽人說夏布價格很高，王成心裡暗暗喜歡。

進了京城，放下行李，住了客店。店主人說："可惜，可惜！你來晚了！"原來，南方戰亂才停，行人剛能來往，夏布來的很少，王府裡急着買貨，價錢猛漲，比平時貴了三倍。頭一天，剛買夠數，王府不收了。聽到這消息，王成心裡像堵上塊磚頭，真是不巧呀！過了一天，夏布來貨更多，價錢跌下來。王成算計了一下，這個價錢無利可圖，不能賣。過了十多天，一算飯錢、店錢，花銷不少，真是愁煞人了！店主人勸他，乾脆賤賣了吧，辦點別的貨或許好些。王成沒法，把夏布全賣掉，賠了十多兩銀子。清晨起來，收拾行李，一看錢袋子，銀子全丟了。王成急忙告訴店主人，店主人吃了一驚，也想不出辦法。有人勸王成去告狀，住店失盜，店主人該賠。王成歎息說："這事怪我自己倒霉，怎麼能怨恨店主人呢！"店主人很感激，送給王成五兩銀子，勸他回家。

王成自己揣摩，這樣子怎麼能回去見祖母呢？出來進去，拿不定主意。忽然看見有鬥鵪鶉的，賭一次往往要幾千個錢，賣一頭鵪鶉也要值上百個錢。他算算手裡的錢，只夠販鵪鶉用的，就和店主人商量。店主人很贊成，慫恿他幹，說："店錢飯錢我都不要了。"王成高興，馬上出外販了一擔鵪鶉，又回到京城。店主人祝願他早些賣出去，賺幾個錢。

這天夜裡，又下起大雨來，一下下了一宿。天亮一看，街道上水流成河。雨還是淅淅瀝瀝地下着，幾天也不見個晴。王成掀開籠子看看，鵪鶉有的死了，王成十分害怕，不知該怎麼辦才好。又過了一天，鵪鶉死的更多了，僅剩下幾隻，併在一個籠子養着。過了一宿再看，僅剩下一隻了。王成懊喪極了，急忙去告訴店主人，説着説着傷心地掉下淚來。店主人也為他歎氣。王成心思，老本虧掉，沒法回家，只想尋死。店主人直勸他，拉着他一塊去看鵪鶉。店主人端詳了一陣，説：“這鵪鶉像是個英物。那些鵪鶉死掉，未必不是牠鬥殺的。你反正閑着沒事，把着牠，要是能鬥，賭個輸贏，也可以謀生活。”王成聽了他的話，把鵪鶉餵養熟了，把到街市上去，賭個吃喝。這隻鵪鶉可能鬥啦，常常鬥敗別的鵪鶉。店主高興，給了王成幾兩銀子，讓他和有錢人家的子弟打賭鬥鶉，連戰三場，場場得勝。這麼過了半年，積蓄下二十多兩銀子。王成心裡越來越開懷，把這隻鵪鶉看成命根子，小心照顧，精心飼養。

　　當時，大親王很喜好鵪鶉，每逢到了正月十五，常放民間把鶉的進王府鬥鵪鶉。店主對王成説：“如今可以馬上發大財，就看你的命運如何啦！”王成問：“是甚麼事？”店主告訴他原由，領着王成去了，又囑咐説：“要是鬥敗了，認晦氣回來就是了；要是萬一鬥勝了，大王必然要買下，你可別應許賣；要是非買不可，你就看我的眼色，我點了頭，你再答應賣給他！”王成説：“好！”

　　兩人進了王府，一看，把鶉人來的可真不少，擠滿了院子。待了一會兒，大親王出殿坐下。侍候的人宣告：“有願意鬥鶉的，可以上來！”就有一個人把着鶉，躬着身子上了殿台。大親王命令放起鵪鶉，來客也放起他的。兩隻鵪鶉飛起，鬥了幾下，來客的鵪鶉就鬥敗了，大親王哈哈大笑起來。不多會兒，上去的幾個，全都被大親王的鬥敗了。店主人説：“是時候了！”領着王成，把着鵪鶉走上台去。大親王看了一下這隻鵪鶉，説：“嗯！這隻鵪鶉，眼珠上有怒脈，是隻能鬥的，不能輕敵！”命令拿出鐵嘴兒鵪鶉來鬥。兩隻鵪鶉飛起，你一嘴，牠一啄，騰躍了幾下，鐵嘴兒給鬥敗了。大親王換了個更好的，又被鬥敗；再換一個，又敗了。大親王着了急，命令取出宮裡的玉鶉來！轉眼，把出玉鶉。只見這隻玉鶉，渾身白羽毛像白鷺一般，昂頭四顧，神氣雄俊，不同尋常。王成可洩了氣，跪下哀求説：“別鬥啦！大王的鶉，是神物呵，怎敢和牠鬥！傷了我的鶉，我就沒指靠了！”大親王笑啦，説：“放起來鬥吧！如果鬥死了你的，我重重地賠償你！”王成把鶉放起來。玉鶉一見，倏的一下直奔過去啄牠。開頭，王成的鵪鶉趴伏在那裡，摩挲着羽毛等着；玉鶉一啄，牠就像鶴一樣振翅飛起，猛然啄下來。你進我退，你退我進，飛上擊下，飛下迎上，來來往往，兩個鵪鶉鬥了一大陣子。玉鶉的勁頭慢慢鬆散下來，王成的鵪鶉卻越鬥越厲害，越鬥越急促。不多會，只見空中飄飛着不少白羽毛，玉鶉夾起翅膀逃跑了。觀眾上千人，都看呆了，一見王成的鵪鶉得勝，七嘴八舌，又是讚歎，又是羨慕。

　　大親王這時也離開座位，要過王成的鵪鶉來，把在手上，從鳥嘴直到爪子，細細看了一遍。隨着就問：“你這鵪鶉賣不賣呵？”王成回答説：“小人家裡沒產業，和牠相依為命，不願賣牠。”親王説：“多給你錢嘛！給你個中等人家的錢財，你願意吧！”王成低下頭想了一陣，説：“本來是不願意賣牠。可是大王既然喜歡這玩物，只要使小人不愁吃穿了，我還求甚麼呢！”親王問：“得多少銀子？”“要一千兩！”親王笑了：“真是説呆話。這是甚麼寶貝呵，能值千兩銀子！”王成説：“大王不把牠看成寶貝，可是在小人看來，就是價值連城的玉璧，也超不過牠！”親王説：“這話怎麼講？”王成説：“小人把牠去市上鬥鶉，天天贏幾個錢，買上點糧食，一家子十幾口人，就不愁沒飯吃沒衣穿了。甚麼寶貝能頂得上牠！”親王説：“我不虧待你，給你二百兩銀子！”王成搖搖頭。親王又添了一百兩。王成看看店主，店主不動聲色。王成就説：“大王既想要，我就減一百兩吧！”親王説：“算了！誰肯拿九百兩銀子買一隻鵪鶉呵！”王成把起鵪鶉就往外走。親王喊着：“玩鶉的回來，玩鶉的回來！實實在在給你六百兩，願意就算成交了，不然就不要了！”王成又看看店主，店主仍然不點頭。王成覺得這個數不算少，心滿意足了，恐怕弄成僵局，錯過時機，就説：“嗳！這個價錢賣了，心裡實在不滿意；可是買賣不成，就得罪了大王。沒法子，就按大王説的辦吧！”大親王高興極了，立即讓稱了六百兩銀子，付給王成，留下鵪鶉。王成裝起銀子，拜謝了走出府來。路上，店主埋怨説：“我説的怎麼樣，你怎麼那麼急於賣掉呵？再稍爭爭，八百兩銀子在手上了！”回到客店，王成把銀子扔到桌子上，請店主人自己拿。店主不要，讓了一陣，店主才算下了賬，只收了飯錢。

王成回到家鄉，詳細説了經過，取出銀子，一家都很高興。老媽媽讓買了三百畝好地，蓋上房子，置辦了家雜，居然成了富户人家。老媽媽天傍亮就起床，叫王成督促耕地收割，叫媳婦督促紡紗織布，兩人稍微懈怠，就訓教呵斥。兩口子也很聽話，一點也不敢有埋怨的念頭。這樣過了三年，日子越過越富。老媽媽要告辭回去。兩口子再三挽留，直到哭了起來，老媽媽這才不走了。第二天早晨，兩口子去問候早安，推開門一看，老媽媽已經不見了。

8. 畫皮

　　太原王生，清早趕路，遇見一位女郎，只見她抱着個包袱，獨自個兒急忙走着，步履甚是艱難。王生緊走幾步趕上去，一看，原來是個十六七歲的美人兒。王生心裡喜愛，問道："怎麼大清早的一個人趕路？"女郎説："走路的人，不能給人分憂解愁，用不着勞神問這些事。"王生問："你有甚麼憂愁呢？如果能幫忙，決不推辭！"女郎滿臉愁雲，説："父母貪財，把我賣給富貴人家。大老婆很嫉妒，整天打罵，實在忍受不下，只好逃到遠方去。"問："去哪裡？"回答説："逃跑的人，哪裡有個準確地方。"王生説："我家離這裡不遠，就請委屈前去吧。"女郎很高興，應許跟他去。王生替她提着包袱，領着她一起回家來。女郎看到屋裡沒別人，問："你怎麼沒有家小呢？"回答説："這是書齋呢！"女郎説："這地方太好了。如果可憐我，要救我的命，必須保守秘密，不能洩露出去。"王生答應了。兩人一塊睡了。王生把女郎藏在密室裡，過了好多天，外人也不知道。王生對妻子略微透了點風，妻子陳氏擔心那女郎是大户人家的小老婆，怕惹是非，勸王生把女郎打發走。王生不聽勸説。

　　一天，王生偶然到市集上，遇見個道士。道士看着王生很驚愕，問："你遇到甚麼了？"回答説："沒有呵！"道士説："你渾身被妖氣纏繞，怎麼説沒有呢！"王生竭力辯白。道士就走了，隨走隨説着："中邪了！人世間真是有死到臨頭還不醒悟的人哩！"王生聽他話語奇巧，很有些懷疑女郎，可又一想明明是個美人兒，怎麼能是妖怪，覺得道士這麼説，無非是借着畫符唸咒混碗飯吃罷了。

不多會兒，王生來到書房大門。那大門卻從裡面閂着，進不去。王生心裡犯疑，女郎在房裡幹甚麼呢？於是，他越過牆缺口進了院子，只見那房門也關着。他放輕腳步走到窗下，朝裡窺探，只見一個惡鬼，面色鐵青，牙尖尖如同鋸齒，將人皮鋪在床上，拿畫筆在上面塗繪，繪完，扔掉畫筆，舉起人皮像抖衣裳一樣抖了抖，披在身上，立即變化成那個美人兒。王生親眼看見這般情景，怕得要死，趴着爬出來。急忙追尋道士，卻不知上哪裡去了。到處尋訪，在郊外才遇見道士，王生直挺挺跪着請求救命。道士説："替你趕走她吧！這個東西也很苦，剛剛找個替身，我也不忍傷害她。"就將自己的蠅拂交給王生，叫他掛在臥室門上。臨別時，約定在青帝廟再見面。

王生回家，不敢再去書房，就睡在家中臥室裡，門口掛上拂子。到了一更多天，聽到門外呱咭呱咭走路聲音。王生自己不敢偷看，就讓妻子偷着看看。只見那女郎來了，望着那拂子不敢再向前走，站在那裡恨得直咬牙，待了好長時間才離去。不多一會，那女郎又回來了，口裡罵着說：“道士嚇唬我！難道能讓進口的食再吐出來嗎！”抓過拂子扯碎了，撞壞房門闖進來，直接上了床，撕開王生的肚皮，掏出心捧着走了。妻子號叫起來。丫環跑來拿燈一照，王生已經死了，胸膛上鮮血淋漓。妻子陳氏嚇壞了，只是流淚卻不敢出聲。

第二天，王生的妻子叫弟弟二郎跑去將禍事告訴道士。道士很生氣，說：“我本來是可憐她，這鬼竟然敢這樣子！”立刻跟着二郎來到王家。這時，那女鬼已經不知到哪裡去了。道士仰起臉來四方望了望，說：“幸虧逃得不遠。”接着問：“南院是誰家？”二郎說：“是我的家呵！”道士說：“那鬼如今在你家裡。”二郎愕然，以為不會有。道士問道：“有沒有一個生人來過。”回答說：“我起早就去青帝廟了，實在不知道。該回去問問。”二郎去了，一會兒又返回，說：“真有人來過。早晨時候，一個老太婆來，想僱給我家打雜工，我女人留下她，還在那裡呢！”道士說：“就是這東西了。”道士就和二郎一塊去了。

道士手持木劍，站在院中，大聲喝道：“惡鬼賠我的拂子呵！”那老太婆在房裡嚇得驚慌失措，面無血色，出門就要逃跑。道士趕上，一劍砍去，老太婆摔倒在地，人皮咮地一聲脫落下來，變成惡鬼，趴在那裡豬般號叫。道士用木劍割掉惡鬼的頭，那惡鬼身子化成濃煙，團團轉成一堆。道士拿出一個葫蘆，拔去塞子，放到煙堆裡，颼颼地像用口吸氣般吸那濃煙，轉眼間煙吸完了，道士塞住葫蘆口，裝進袋子裡。大家看那人皮，眉眼手腳，樣樣都有。道士將人皮捲起來，像捲畫軸一般聲響，也裝進袋子裡，然後告別要走。陳氏跪迎在門口，痛哭着請求施展法術救活丈夫。道士推辭說沒有這個能耐。陳氏更加悲痛，跪伏在地上不起身。道士想了一大陣，説：「我的道術淺薄，實在不能救活死人。我提出一個人，也許他能行，去求他必當有個好結果。」問：「甚麼人呢？」説：「市上有個瘋子，常常躺在糞堆裡。你試試跪着哀求他。倘若他發狂病羞辱了你，你可不要生氣呵！」二郎也熟知這個人，就和道士告別，和嫂子一塊去了。

只見那個乞丐在路上瘋瘋癲癲地唱歌，鼻涕有三尺長，骯髒得人都嫌棄。陳氏跪着走到那人面前。乞丐笑着説：「美人兒，愛我嗎？」陳氏告訴來求他的緣故。乞丐哈哈大笑，説：「人人都可以是丈夫，救活他幹甚麼？」陳氏苦苦地哀求，乞丐就説：「怪啦！人死了求我治活，我是閻王爺嗎！」生氣地拿拐杖打陳氏，陳氏忍住疼挨打。市上的人越來越多，圍起來像一道牆。那乞丐咯出一滿把痰，舉到陳氏嘴前，説：「吃了它！」陳氏滿臉漲紅，神色為難。又想起道士囑咐的話，就勉強吃下去，覺得進了嗓子，硬得像棉團，格格楞楞咽下去，停結在胸膛間。那乞丐哈哈大笑，説：「美人愛我呀！」就站起身，也不回頭看看就自走自的了。陳氏尾隨着走，進到廟裡，趕上去再求告，卻不知哪裡去了，前前後後找個遍，一點蹤跡也不見了。她又是羞慚又是悔恨地走回家去。

陳氏既悼念丈夫死得慘，又後悔吃痰的羞辱，哭得前仰後合，但願自己也趕快死了吧！正要擦淨血跡收斂死屍，家裡人都站在一邊看着，沒有敢靠近的。陳氏抱着屍首收拾腸子，一邊整理一邊痛哭，哭到極點，聲音也嘶啞了，突然要嘔吐，覺得胸膛裡那塊東西突然蹦出來，來不及回頭，那東西已掉進丈夫的胸膛裡了。陳氏吃驚地一看，是顆人心呵，在胸膛裡突突地還在跳動，熱氣騰騰像是冒煙。陳氏驚奇極了，趕快用雙手把那胸膛合攏，用力抱着擠緊，稍一鬆懈，就熱氣迷漫着從裂縫裡露出來。就撕塊綢子，急忙捆紥好。用手摸着屍體，覺得慢慢溫活了，又蓋上被子。到了半夜，陳氏掀開被子看看，王生能喘氣了；到了天明，王生竟然活過來了。王生對人説："迷迷糊糊像做了場夢，只是覺得肚子絲絲拉拉地疼罷了。"看看那被撕破的地方，結的疤像銅錢那樣，不多久，王生就恢復健康了。

白話聊齋誌異

9. 聶小倩

　　寧采臣，浙江人，性情豪爽，品行端正。常對人說，除了妻子外，不愛別的女人。這次，他去金華，來至北門外，見到一個寺廟，卸下行李進去了。寺裡佛殿佛塔宏偉壯麗，可是蓬蒿高得沒過人身，似乎沒有人跡。東邊西邊的和尚住房，兩扇門卻是虛掩着，只有南邊的一個小房，門鎖像是新的。再看看殿東角，青竹長得粗大茂盛，台階下面有個大水池，野荷已經開花了，心裡喜歡這裡幽靜。當時正值學使到各府舉行考試，城裡住房租價昂貴，寧生想在這裡住下，於是在院裡散步，等待和尚回來。

　　到了傍晚，有個書生走來，打開南邊小房的門。寧生趕忙走過去行禮，並告訴自己打算住下的意思。那人說："這地方沒有房主，我也是寄住，你不嫌這裡冷清而住下，早晚能得你指教，很感榮幸！"寧生頗為高興，鋪了茅草當床，支起木板代替桌子，打算長住下來。這天晚間，月色明亮，清光似水，兩個人親熱地坐在廊房下面，各自介紹姓名。那人自己說是姓燕，字叫青霞。寧生以為他也是來考試的秀才，可是聽他說話的聲音，不像浙江人。問他，那人自己說是陝西人，話語質樸誠實。過了一會兒，兩人都沒話可說了，於是拱拱手告別，各回房間休息。

　　寧生由於新住這裡，久久不能入睡。只聽得房北低聲細語，似乎有人家。起來伏在北牆石窗下面，偷偷觀察，只見牆外有個小院子，有個婦女大約四十多歲，還有個老太婆穿着暗紅色衣服，頭上戴着長長的銀梳篦首飾，老得駝了背。兩人在月下說話。那婦女說："小倩怎麼這麼久還不來？"老太婆說："大概快來了！"婦女說："沒有向姥姥發怨言吧！"老太婆說："沒有聽到。但心情似乎不大高興！"婦女說："這丫頭不宜好好待承她！"話沒說完，有一個十七八歲的女子走來，影影綽綽裡看來非常漂亮。老太婆笑着說："背地裡不談論別人。我兩個正唸道，小精靈丫頭悄沒聲走來，虧了沒褒貶你短處。"又接着說："小娘子確是畫上人物，要是我是個男人，也被你勾了魂去了。"女子說："姥姥要是不誇獎，還有誰能說好呢！"那婦人和女子又不知說了些甚麼。寧生尋思那是鄰居的家眷，睡下不再去聽。又過了一陣子，才靜寂下來沒了聲音。

寧生矇矓間正要睡着，覺得有人進了屋子，趕忙起身觀看，來的卻是北院的那個女子。寧生吃驚地問她怎麼來了。女子笑着說："月夜睡不着，希望和您相好。"寧生嚴肅地說："你該提防公眾議論，我怕人說長道短。一步走錯，就喪盡廉恥了！"女子說："半夜三更，無人知道！"寧生斥責她。女子猶豫着好像還有話說。寧生大聲嚇唬說："快去！不然，我就喊南屋那人讓他知道！"女子害怕了，這才走出去，到了門外又返回來，拿出一錠黃金放在褥子上。寧生抓起金子就扔到院子裡的台階上，說："這種不義之財，髒了我的口袋！"女子很是慚愧，走出去拾起金子，自言自語說："這漢子真是鐵石心腸呵！"

第二天清晨，有個蘭溪生帶着一個僕人來應考，住在東廂房裡，到了夜裡突然死了。他足心有個小洞像錐子刺的，細細地流血。大家都不知甚麼緣故。過了一宿，那僕人也死了，症狀也是蘭溪生那樣。到了晚間，燕生回來，寧生就問他那是怎麼回事，燕生認為那是讓鬼迷了。寧生平素很亢直，也不放在心上。

到了半夜，女子又來了，對寧生説："我見到的人很多了，沒見到像你這麼剛強的。你確實是有德行的人，我不敢蒙騙你，我叫小倩，姓聶，十八歲上早亡，埋葬在寺旁。妖精經常威脅差遣幹下賤事情，厚着臉皮侍奉人家，實在不自願。如今寺廟裡沒有可以殺害的人，恐怕要派夜叉到你這裡來了。"寧生很害怕，請她出個主意。女子説："你和燕生住在一塊，就可避免災禍。"問："怎麼不去迷惑燕生呢？"説："他是個奇人呵，當然不敢接近他。"問："怎麼個迷人法呢？"説："玩弄我的人，就暗暗用錐子刺他的腳，他就迷糊着沒知覺了，攝出他的血來供給妖怪喝；有的就用金子，那不是金子，是惡鬼的骨頭，誰留下金子，就被截取出心肝。這兩種辦法，都是投合當事人的喜好罷了。"寧生表示感謝，並且問她甚麼時候戒備才好，回答説在明天晚上。女子臨走時哭着説："我陷進無邊苦海裡，尋求不到堤岸。先生你義氣沖天，必然能救苦救難。倘若能包起我的朽骨，回去埋葬在安靜的墓地，你大恩大德就如同重生父母了！"寧生乾脆地答應下來，問她葬在甚麼地方。女子説："只要記住白楊樹上有烏鴉窩的地方就是了。"説完出

門，身影消散了。

第二天，寧生怕燕生到別處去，一早就去邀請。到了辰時以後，置辦了酒菜招待，留意觀察燕生。談話間，寧生約請燕生住在一起，燕生推辭說自己性格孤僻，喜好安靜。寧生不理睬，硬是將燕生的被褥攜到自己住房來。燕生不得已，只好搬着床鋪跟過來。燕生囑咐說："我知道你是個好漢子，非常欽佩。總之我有些不好說明的話，難以馬上相告，希望不要翻看我的箱子包袱，違犯了，你我都沒有好處。"寧生應許下來。一會兒，各自睡下了。燕生拿出個箱子放在窗台上，頭挨上枕頭不多會兒，打呼嚕的聲音像雷吼。寧生卻睡不着覺。到了一更多天，窗户外面隱隱約約有人影。一會兒，那影子靠近窗子向裡窺探，目光明亮閃爍。寧生害怕，正要呼喊燕生，忽然有個物件撕裂開箱子鑽出來，明亮得如同一匹白綢子，碰斷窗上石櫺，猛然一射，就立即迅速收斂入箱子，如同閃電熄滅。燕生驚覺起身，寧生假裝睡着偷偷觀看。燕生捧着箱子檢出一樣物件，對着月亮聞聞看看，那物件錚亮透明，長有二寸，寬也就如韭菜葉。看過後，燕生用幾層包裹包結實，仍舊放進破了的箱子裡，自言自語說："甚麼樣的老妖精，竟然這麼大膽，箱子都給弄壞了。"說完就又睡了。寧生非常奇怪，就起身問他，並且告訴他剛才所見到的事情。燕生說："既然相互有交情，哪敢再隱瞞。我是個劍客。若不是碰到石櫺，妖精就能立刻給殺死了。雖然這樣，也受了傷。"問："包裹的是甚麼東西？"說："是劍。剛才聞了聞，劍上有妖氣。"寧生想看看，燕生痛快地拿出來給他看，是把亮晶晶的小寶劍。於是寧生更加敬重燕生。

天明以後，看了看窗子外面有血跡。於是，寧生出門到了寺廟北邊，只見野墳一個一個的，果然有棵白楊樹，樹上有烏鴉窩。等到遷墳事情準備妥當，收拾行李打算回家。燕生擺下送行酒宴，情義非常深厚。燕生把破皮袋贈送給寧生，說："這是劍袋，收藏着可以避邪驅妖。"寧生打算跟他學劍術，燕生說："像你這樣講究信義、忠誠剛直的人，可以學習；不過你仍然是富貴行道裡的人，不是這劍俠行道裡的人呵！"寧生就假託有個妹妹葬在這裡，挖掘出女子的屍骨來，用衣裳被子又重新成殮了，催了船回家去。

寧生的書房緊靠荒野，就挖了墳墓將女子葬在書房外面。他祭供禱告說："可憐你這個孤苦的鬼魂，葬你在靠近我小書房的地方。相互聽得見歌聲和哭聲，以便不受惡鬼欺凌。獻上一杯水酒，算不得清潔甘美，希望不要嫌棄！"禱告完畢往回走，後面有人呼喊："慢一點，等我一起走！"回頭一看，是小倩呢。小倩高興地感謝說："你很守信義，死十回也不能夠報答你的恩德。請允許我跟你回家，拜見公婆，做偏房、丫頭也不後悔。"寧生仔細看去，只見她雪白皮膚透着艷紅，身下瘦瘦一雙小腳，白天端詳，更加嬌艷無雙。於是，寧生和小倩一塊到了書房裡。寧生囑咐她坐下等一會兒，自己先進去告訴母親，母親很感愕然。這時寧生的妻子已經生了很長時間的病，母親告誡寧生不要說這事，恐怕妻子受驚害怕。正說話間，小倩輕悄悄走進房子，跪下叩頭。寧生說："這就是小倩。"母親驚慌得不知如何是好。女子對母親說："孩兒孤單單一個人，遠離父母兄弟。承蒙公子照顧關懷，恩澤極深。孩兒情願當妻妾伺候他，報答天高地厚般大德。"母親看到小倩這般秀氣可愛，才敢和她說話，說道："大姑娘看得起我兒子，我喜得不得了。可是一輩子只有這個兒子，還要他傳宗接代，不敢讓他娶個鬼媳婦。"小倩說："孩兒實在是一心一意。陰間人既然不能得到老母親的信任，那就拿寧生當做哥哥來看待；我跟着老母親，早晚伺候你老人家，怎麼樣！"母親憐惜她的一片誠心，就答應下來。小倩就要拜見嫂子，母親說她有病，於是沒去拜見。小倩下了廚房，代替母親料理飯食。進門穿户，就像住熟了的一樣。

　　天晚了，母親心裡害怕小倩，打發她回去睡覺，不在這裡給她安排被褥。小倩覺察出母親的心意，就走開了。經過書房想進去，又退回來，在門外走來走去，似乎害怕甚麼。寧生呼喚她，小倩說："室裡劍氣使人害怕。一直在路上不出面見你，就是由於這個緣故。"寧生明白是因為那個皮袋子，於是拿出來掛到別的房子裡。小倩這才進去，靠近蠟燭坐下，待了一陣，就是不說一句話。又待了一大陣子，小倩問："夜間讀書不讀？我小時候唸《楞嚴經》，如今大半都忘記了，請給我找一卷，晚上空閑時間請哥哥指正。"寧生應許下來。小倩又坐着，默默無語。一更就要過去，也不說走。寧生催她回去。小倩很悲傷地說："外來孤魂，特怕荒墳。"寧生說："書房裡沒有別的床可睡，況且兄妹之間也該避免嫌疑呀！"小倩站起身來，表情上愁苦得要哭，腳步遲疑懶得走，一步一挪走出門去，下了台階就沒影跡了。寧生暗暗憐惜她，想留她住下睡在另外床上，可是又擔心母親會嗔怪。小倩清晨就來給母親問安，伺候梳頭洗臉，出了上房就去操持家務，沒有事情不合母親的心意。到了黃昏，就告辭退下，常到書齋，靠近燈火唸誦經文。直到覺得寧生要睡了，才淒淒慘慘地離去。

原先，寧生的妻子病倒不能操勞家務事，母親勞累得受不了。自從小倩來了，母親自己很安逸，心裡感謝小倩。日子長了慢慢熟悉起來，疼愛小倩如同親生子女，竟然忘記她是鬼魂，不忍心晚上趕走她，就留她同睡同起。小倩才來時，並不用飯食，到了半年，逐漸喝點稀粥。母親和兒子都很溺愛她，忌諱說她是鬼，外人也分辨不清。不久，寧生的妻子死去，母親心裡有娶小倩的意思，可是擔心對兒子不利。小倩也稍微觀察出來，乘個機會告訴母親說："來這裡住了一年多，母親該清楚孩兒心地怎麼樣了。為了不想禍害過路的人，孩兒才跟了你兒子來。私心裡沒有別的想法，只是因為你兒子胸懷坦白，光明磊落，受到神人欽佩注目，實在想着依靠幫助他三幾年，博取個封號，九泉之下也覺榮光。"

母親也知道小倩沒有壞心，只害怕她不能生育兒女。小倩說："子女是上天給的。你兒子命定有福氣，有能光宗耀祖的三個兒子，並不因為有個鬼媳婦就抹煞掉的。"母親相信了她的話，和兒子商量。兒子很高興，擺了酒席宴請親戚。有的請求見見新媳婦，小倩很坦然地穿着華麗服裝走出來，滿堂人都很驚奇，瞪

着眼睛看她，反而不懷疑是鬼，懷疑是仙人。自這，親友的家眷，都拿見面禮來祝賀，爭着要結識小倩。小倩擅長畫蘭花梅花，也經常用畫的畫回敬。得到她畫的人家，往往包得嚴嚴實實收藏着，覺得光彩。

有一天，小倩在窗下低頭坐着，心裡惶惶不安，像是丟失甚麼一樣。忽然問寧生：「那皮袋子在甚麼地方？」寧生說：「因為你害怕它，所以包好放在別處了。」小倩說：「我接受活人氣息已經很長時間，應該不再怕它，還是拿來掛在床頭上吧。」寧生追問她的意思，小倩說：「這三天來，心總是忐忑不安。料想金華那個妖魔恨我遠遠逃跑，恐怕早晚會找到這裡來。」寧生當真把那皮袋帶了來。小倩接過，反覆觀看，說：「這是劍仙用來盛人頭的。破舊到這樣子，不知殺掉多少人了。我今日看它，還嚇得起雞皮疙瘩呢。」就將皮袋掛在床頭。第二天，小倩又讓寧生把皮袋挪去掛在門上。到了夜間，小倩對着蠟燭靜坐，囑咐寧生不要睡覺。猛然間，有個東西，像飛鳥般降落下來，小倩嚇得藏在幕帳裡去。寧生一看，那東西像夜叉的形狀，目光閃電，血盆大口，眼光閃爍，舞動雙爪走向前來，到了門前停止腳步，遲疑了好長時間，慢慢走近皮袋，伸爪子摘下來，像要撕破。那皮袋忽然卡巴一響，變得有兩隻土筐那麼大，似乎有個鬼物伸出半個身子，將夜叉揪進皮袋去。聲響沒有了，皮袋也縮小到原樣。寧生又是害怕又覺驚奇，小倩也走出來，高興地說：「平安無事了！」兩人一塊觀看皮袋，只有幾碗清水罷了。

過了幾年，寧生果然中了進士，小倩生了個男孩，寧生娶了個小妻後，又各自生了個男孩。這些孩子長大後，都做了官，名聲很好。

趣味重溫（1）

一， 你明白嗎

1. 〈偷桃〉記錄了古時“演春”的風俗，試填空格重現當時的情況。
   在＿＿＿a＿＿＿節的頭一天，城裡各行各業的＿＿＿b＿＿＿，都搭起
   ＿＿＿c＿＿＿，吹吹打打地去＿＿＿d＿＿＿拜望，這叫做演春。堂上的官
   們面對面坐着，都穿着＿＿＿e＿＿＿。滿街滿巷都是＿＿＿f＿＿＿，擁
   擁擠擠，説話聲＿＿＿g＿＿＿，＿＿＿h＿＿＿直震耳朵。

2. 〈偷桃〉中，為甚麼堂上的官都願給賞錢？
   a. 變戲法人的表演實在太好。
   b. 變戲法人的兒子真的從王母的花果園裡偷了桃子。
   c. 變戲法人的兒子因偷了王母的桃子，被砍得支離破碎。
   d. 變戲法人的兒子最後竟復活過來。

3. 〈種梨〉中，為甚麼滿市集的人都笑話鄉下人呢？
   a. 因為各人都分得梨子吃。
   b. 因為道士用法術，把鄉下人的梨子都散給各人吃。
   c. 因為鄉下人有眼不識泰山。
   d. 因為鄉下人到最後才醒悟到，道士散給人的是自己的梨子。

4. 〈王成〉中，王成帶去京城賣的夏布變得不值一文，因為：
   a. 他帶的夏布質素不佳。
   b. 往京城的路上遇上大雨，王成耽誤了賣布的時機。
   c. 往京城的路上遇上大雨，把布都打濕了。
   d. 往京城的路遠，王成趕不及好價錢賣布。

5. 〈畫皮〉的情節起跌交錯，扣人心弦。試按情節發展，順序填上數字，並以"↑""↓"分別標示起與伏。

情　節	順序	起伏
道士持木劍收伏了惡鬼。		
道士告訴王妻可向市上的髒瘋子求助。		
王生尋得道士救命，道士送他蠅拂辟邪。		
王妻嘔出的活心，跌進王生胸膛中，王生復生。		
惡鬼找上門，破門入屋殺了王生，挖了他的心。		
道士不能把王生起死回生。		
王生在市集上遇上道士，道士説他中了邪。		
王生在路上遇上美女，她願跟王生返家，並與他一塊睡。		
王妻向道士求救，道士發現惡鬼走得不遠。		
髒瘋子羞辱王妻，要她吃他的痰涎。		
王生窺見美女原來是惡鬼，正拿着人皮描畫。		

6. 〈聶小倩〉中，哪個不是住在廟裡的人被鬼殺害的原因？試填上√號。

　　a. 色迷心竅。　（　）

　　b. 鬼迷心竅。　（　）

　　c. 財迷心竅。　（　）

　　d. 時運不濟。　（　）

二， 想深一層

1. 根據〈葉生〉的內容，在正確判斷後打 √，錯誤的判斷後打 X。

   a. 丁公很欣賞葉生的為人，常賞賜金錢糧食周濟他的家庭。　（　）

   b. 丁公被免了官仍遲遲不走，是為了等待葉生。　（　）

   c. 葉生要教導丁公的兒子，因為他兒子很聰明。　（　）

   d. 葉妻三四年沒見葉生，一見葉生便扔下簸箕跑了。　（　）

   e. 葉生回到家，才驚覺自己已經死了。　（　）

2. 〈偷桃〉中，觀眾看變戲法看得全神貫注，試把內文描寫和心情連線搭配起來。

內 文 描 寫	心情流露
人們屏氣靜心地等了好大一陣子，從天上忽然掉下個桃子來，像飯碗那麼大的個兒。 •	• 悲哀
那幾個官兒，手托着桃，你傳給我，我傳給你，端詳了好久，也分辨不清楚這桃子是真的還是假的。 •	• 驚恐
突然，繩子刷地一聲，噗啦啦落在地上，全院人都大吃一驚。 •	• 害怕和驚奇
人們的心揪得緊緊地，滿院一片哀傷氣氛。 •	• 嚇呆了
變戲法的嗚嗚地大哭起來，將掉落在地面上的殘肢，一一揀起來……堂上的官們，……這個那個的都給了些賞錢。 •	• 緊張
突然，一個亂蓬蓬頭髮的兒童，頭頂起箱子蓋鑽了出來，朝北跪下叩了個頭。大伙都給驚呆了，定睛細看，這個兒童正是變戲法人的兒子！ •	• 懷疑

3. 〈畫皮〉的故事叫人不寒而慄，試從選擇項中選合適的方法，看看作者利用甚麼方法營造這種恐怖的氣氛。

選擇項：說話　形象　動作　心態　聲音　情景（可使用多次）

描　述	方　法
道士說：「你渾身被妖氣纏繞，怎麼說沒有呢！」	a.
他放輕腳步走到窗下，朝裡窺探，只見一個惡鬼，面色鐵青，牙尖尖如同鋸齒，將人皮鋪在床上，拿畫筆在上面塗繪，繪完，扔掉畫筆，舉起人皮像抖衣裳一樣抖了抖，披在身上，立即變化成那個美人兒。	b.
王生親眼看見這般情景，怕得要死，趴着爬出來。	c.
到了一更多天，聽到門外呱咭呱咭走路聲音。	d.
王生自己不敢偷看，就讓妻子偷着看看。	e.
「道士嚇唬我！難道能讓進口的食再吐出來嗎！」抓過拂子扯碎了，撞壞房門闖進來，直接上了床，撕開王生的肚皮，掏出心捧着走了。	f.
丫環跑來拿燈一照，王生已經死了，胸膛上鮮血淋漓。	g.

4. 〈聶小倩〉中，蒲松齡把一個女鬼寫得鮮活極了，試把內文描寫和她的形貌性格連線配對起來。

內文描寫

"小娘子確是畫上人物，要是我是個男人，也被你勾了魂去了。" •

"妖精經常威脅差遣幹下賤事情，厚着臉皮侍奉人家，實在不自願。" •

到了黃昏，就告辭退下，常到書齋，靠近燈火唸誦經文。 •

女子臨走時哭着說："我陷進無邊苦海裡，尋求不到堤岸。" •

寧生囑咐她坐下等一會兒，自己先進去告訴母親，……正說話間，小倩輕悄悄走進房子，跪下叩頭。 •

小倩說："孩兒實在是一心一意。陰間人既然不能得到老母親的信任，那就拿寧生當做哥哥來看待；我跟着老母親，早晚伺候你老人家，怎麼樣！" •

原先，寧生的妻子病倒不能操勞家務事，母親勞累得受不了。自從小倩來了，母親自己很安逸，心裡感謝小倩。 •

小倩問："夜間讀書不讀？我小時候唸《楞嚴經》，如今大半都忘記了，請給我找一卷，晚上空閑時間請哥哥指正。"……擅長畫蘭花梅花。 •

形貌性格

• 柔弱

• 十分漂亮

• 懂書畫
• 勤奮，願操持家務
• 寧靜而安份

• 講廉恥、婦道

• 真心誠意

• 乖巧有禮

三， 延伸思考

1. 〈嶗山道士〉中，為甚麼王七回到家裡，使不出師父教他的穿牆法術？

2. 〈葉生〉中，葉生畢生最大的願望是甚麼呢？

3. 〈畫皮〉中，惡鬼把人皮畫好了，扔下筆，再把人皮抖一抖。你猜那時惡鬼心裡在想甚麼？

4. 〈聶小倩〉中，寧生最後沒被妖精殺害，主要原因是甚麼？如果你是寧生，會不會跟鬼談戀愛？

10. 張誠

　　河南人張某，他的先輩是山東北部地方的人。明朝末年，山東北部大亂，張妻被清兵搶去了。張某過去常在河南做客，就在這裡安了家。又娶了個河南的妻子，生了個兒子，名叫訥。不多時光，這妻子死了，他又娶了填房牛氏，也生了個兒子，名叫誠。

　　牛氏很蠻橫，嫉忌張訥，拿他當奴僕豢養。給他吃粗劣飯食，還讓他上山打柴，每天得打夠一擔柴，打不來就鞭打辱罵，令人難以忍受。暗地裡留着好吃的給張誠，讓他跟着塾師唸書。張誠漸漸長大，孝敬父母，友愛弟兄，看到哥哥勞苦，很不忍心，背地裡勸說母親，母親不聽。

　　一天，張訥上山打柴，沒打完，來了暴風雨，躲在岩下避雨。雨停了，天色已晚，肚子餓得很，就背着柴禾回家。母親檢查一下，嫌柴太少，生了氣，不給他飯吃。張訥餓火燒心，進了房，躺在床上。張誠從塾房下學回來，看到張訥沒精神的樣子，就問："病了嗎？"回答說："餓呵！"問他緣故，張訥把實情告訴了他，張誠不痛快地走了，過了一會兒，懷裡裝了餅來給張訥吃，哥哥問道餅是哪裡來的，弟弟說："我偷了麵粉，請求鄰家嫂嫂給做的。只管吃，不要說出去。"張訥吃了餅，囑咐說："以後別再這樣了，事情被發覺了會連累弟弟。再說，一天吃上一頓飯，也餓不死。"張誠說："哥哥本來身體就弱，哪能多打柴！"

　　第二天，早飯後，張誠偷偷上山，來到哥哥打柴的地方。哥哥一見，吃驚地問道："你要上哪裡去？"回答說：「要幫你打柴！」問：「誰叫你來的？」說：「我自己來的呀！」張訥說：「先不說弟弟不會打柴，即使能打，也不能讓你打！」於是催促弟弟趕快回去。張誠不聽，用手扳腳踏幫助哥哥打柴。還說：「明天拿着斧子來。」哥哥到跟前制止他，看到弟弟手指割破，鞋也磨穿，傷心地說：「你不馬上回去，我就用斧子砍死自己。」張誠這才回去。哥哥送了他半路，才返回去又打柴。傍晚回去，張訥到了塾房裡，囑咐老師說：「我弟弟年幼，該多管教。山裡虎狼很多。」老師說：「今早不知去哪裡了，已經責打了他。」張訥回家，對張誠說：「不聽我的話，挨打了吧！」張誠笑着說：「沒有的事！」

第二天，張誠帶着斧子又上了山，哥哥吃驚地說：「我說不讓你來，怎麼又來了？」張誠也不回答，只是忙活砍柴，汗流滿面也不歇息。約莫砍夠一捆柴，張誠也不辭別就回去了。老師又責罰他，他就說了實話。老師感歎他的友愛精神，也就不再禁止他上山打柴。哥哥多次勸止，弟弟總是不聽。

一天，張家弟兄和幾個人在山上打柴，忽然來了隻老虎，大伙嚇得都趴在地上。那老虎竟然叼着張誠跑了。老虎叼着個人，跑不快，被張訥追上。張訥使勁砍了一斧子，砍中老虎大胯。老虎痛得發狂般跑走了，張訥追了一陣沒了影，痛哭着走回來。大伙勸說及安慰他，他哭得更傷心了，說：「我這弟弟不同一般，況且是為我死的，我還活着幹甚麼！」就舉起斧子砍自己脖子。大伙急忙拉住，那斧頭已經砍進肉裡一寸多深，鮮血直冒，張訥昏死過去。大伙嚇壞了，撕開他的衣服給包紮起來，把他抬回家去。繼母哭着罵道：「你殺了我兒，想劃道傷口來搪塞罪過呵！」張訥呻吟着說：「母親不必煩惱，弟弟死了，我也不活了。"人們將張訥放在床上，分頭離去。張訥創口疼痛得不能睡覺，只是整天整夜倚着牆壁痛哭。父親怕他也死了，不時地到床前餵他點東西吃。牛氏知道就罵個不休。張訥乾脆不吃不喝，三天就死了。

村子裡有個走無常的神漢（註一），張訥在路上遇見他，向他追訴了以往的苦難，就問詢弟弟在哪裡。神漢說沒聽到他弟弟的消息，就轉身領着張訥走去。到了城市，遇見一個青衣人從城裡出來。神漢拉住那人，替張訥打聽弟弟的下落。青衣人從佩袋裡拿出拘拿冊子仔細察看，男女一百多名，並沒有姓張的犯人。神漢懷疑在別的冊子裡，青衣人說："這路歸我，別的差人怎麼能逮去呢！"張訥不信，硬拉着神漢進了城。城裡新鬼舊鬼，形影搖晃，來來往往，也有過去的熟人。張訥近前去問，始終沒有知道的。忽然，大伙吆喝着："菩薩來了！"抬頭看見雲彩中出現個大人，光芒照徹上下，頓時覺得世界通明。神漢祝賀說："大郎你有福氣呵！菩薩幾十年才來趟陰間，救苦救難。這次正巧讓你遇上了。"拉着張訥跪下。鬼犯們紛紛揚揚，合掌齊聲唸誦大慈大悲救苦救難，聲音響徹大地。菩薩用柳枝遍灑甘露，細微如霧。剎那間，霧收光斂，菩薩不知去向了。張訥覺得脖子沾上甘露，斧砍的地方不再疼痛了。神漢就領他一塊回去。看到家門了，神漢才告別走了。

張訥死了兩天，忽然又甦醒過來，詳細講述了陰間見聞，說弟弟沒有死。母親以為是胡編的謊話，反而痛罵了他一場。張訥受屈，卻無法說明，摸摸創口已經長好，硬撐着起床下地，跪拜父親說："我就要上天入海去尋找弟弟，如果見不着，這一輩子也就不回來了。父親就當兒子已經死了吧！"父親領他到無人地方，對着臉痛哭，卻不敢挽留兒子。

　　張訥走了，常在四通八達的大道上，向來往行人打聽弟弟的消息。路上斷了盤纏，就乞着飯走路。過了一年，來到金陵，這時，他已是破衣爛衫，躬身駝背，一步一挪走在路上。忽然看見有十多人騎馬奔來，趕忙閃避路旁。那些人裡有一個像是長官，約有四十來歲，壯士駿馬，前呼後擁。內裡還有個少年，騎匹小馬，幾次瞅看張訥。張訥覺得那是貴家公子，不敢抬頭去看。那少年勒馬稍停，忽然跳下馬來，招呼説："不是我哥哥嗎！"張訥抬頭仔細一看，是弟弟張誠呵！拉着手放聲大哭起來。張誠也哭着説："哥哥怎麼漂流到這般地步？"張訥説了情況，張誠更加悲傷。隨從都下了馬，問明原因，稟告長官。長官命令給張訥一匹馬騎着，一道回到府裡，才詳細詢問。

　　當初，老虎叼走張誠，不知甚麼時候放在路邊上，張誠在路上躺了一宿。正巧張別駕從京城來，遇上了，看着張誠相貌文雅，很是憐惜，讓人救護，張誠漸漸甦醒。張誠説了鄉裡住處已是離這裡很遠，張別駕就帶他一道回了自己的家。又用藥給張誠治療傷處，幾天才治好了。張別駕沒有大孩子，就收了張誠做兒子。這次，正是張誠隨着張別駕出外遊逛觀景。

　　張誠將經過詳細告訴了哥哥。正説話間，張別駕進房來了，張訥再三拜謝。張誠又到內房，捧出新衣讓哥哥換上。於是，擺宴敘談。別駕問："你這一族在河南，有多少家口？"張訥説："沒有。我父親原是山東地方人，是流落在河南的。"別駕説："我也是山東地方人。你老家歸哪裡管？"回答説："曾經聽父親説，屬東昌管轄。”別駕吃驚地說：“我們是同鄉呵。甚麼緣故搬到河南來的？”張訥說：“明朝末年清兵入境，搶去先前的母親。父親遭到兵火，家宅燒光。以前父親曾經在西路做買賣，往來熟悉，就在河南定居了。”別駕又驚問：“令尊甚麼名字？”張訥告訴了。別駕驚得呆了，瞪大眼睛看了一陣，又低下頭來思考一番，疾忙跑到內房裡去。不多時，張老夫人走出來。大家圍繞着拜見後，張老夫人問張訥：“你是張炳之的兒子嗎？”回答說：“是！”老夫人大哭起來，對別駕說：“這是你弟弟呵！”張訥弟兄愣了，不明白怎麼回事。老夫人說：“我嫁給你父親三年，流亡到北方，跟了黑固山。半年後，生了你哥哥。又過了半年，固山死了。你哥哥在旗下補上官職，升了這官，現在已經卸任了。時時刻刻想念故鄉，就解脫了旗籍，復歸了原來的宗族。多次派人到山東，打聽不到一點音信。哪裡知道你父親西遷了呢！”（註二）又對別駕說：“你認弟弟做兒子，折福減壽呵！”別駕說：“以前問道誠弟，他沒說過是山東人，想必年幼不知道吧！”三人就以年齡排順序：別駕四十一歲，是老大；張誠十六歲，是老小；張訥二十二歲，是老二了。別駕有了兩個弟弟，十分高興，和他們同吃同住，了解了離散的原由後，便打算回到河南家裡去。老夫人得知牛氏蠻橫，恐怕不能相處。別駕說：“能相處就住在一起，不然就分居過日子。天下哪有沒有父親的人！”

於是，賣了宅子，置辦行李，定了日子，向西出發。到了村邊，張訥和張誠先跑去稟報父親。張父自張訥走後，妻子牛氏不久就死了。張父孤獨老頭，晚景淒涼。忽然見到張訥進來稟報，像做夢般驚愕；又看見張誠，喜歡極了，話也說不出來，只是淚流滿面。弟兄二人又稟告説別駕母子來到，張父停止哭泣，萬分驚奇，笑不成，也哭不成，木頭般呆呆站着。接着，別駕進來，拜見完畢，老夫人把着張父的手，面對面哭起來。張父又看到丫環僕人，屋裡屋外滿滿當當，坐立不安，不知該怎麼好了。張誠沒見到親娘，問後才知道已經死了，號啕大哭得斷了氣，一頓飯的時辰才甦醒過來。別駕拿出錢財，起樓建閣，請來老師，教兩個弟弟讀書。馬棚裡駿馬歡騰，住房裡人聲喧鬧，張家居然成為大戶人家了。

註一： 舊時迷信，有活人到陰間當差，事畢返回人間，稱為走無常。
註二： "西遷"，死亡的婉詞。

11. 義鼠

　　楊天一説：看見有兩隻老鼠出洞來，一隻被蛇吞食了，另一隻眼睛瞪得像花椒粒，像是非常憤怒，可是只能遠遠望着，不敢近前。那蛇吃飽肚子，曲曲蜿蜒往蛇洞裡爬，才只進去大半身子，那隻老鼠跑過來，狠勁咬蛇的尾巴。蛇生氣了，退出身子來。老鼠本來行動快捷，忽然逃跑了。蛇追過去，沒有追上，又返回去。蛇又鑽洞，老鼠又跑過來，和先前一樣咬牠的尾巴。蛇進洞，老鼠就跑過來；退出來，老鼠就逃跑，這樣來來往往很長時間。最後，蛇退出來，把死老鼠吐在地上。老鼠過來聞着，吱吱叫着像是悼念像是歎息，然後，銜起死老鼠走了。

　　我的朋友張歷友為此寫了首詩，名叫《義鼠行》。

12. 庚娘

　　金大用，河南洛陽人，原來也是官宦人家。娶的是尤太守的女兒，名字叫做庚娘。這庚娘，長得漂亮，人又賢慧。小兩口兒處得挺和美。

　　那時正是兵荒馬亂的年頭，金大用領着全家人向南方逃難，路上碰見個青年也帶着妻子逃難。這人自説是揚州人，名叫王十八，路程熟悉，願意帶路。金大用自然高興，兩家同行同住，甚是相得。

　　這天，來到河邊，庚娘背地裡告訴金大用説：“別和那個青年坐一條船。這個人總是偷偷地瞅我，眼珠亂轉，表情多變，看來心術不正！”金大用答應着。可是，這個王十八挺勤快，又特別熱情，忙活着僱了條大船，又幫着金家往船上搬行李，忙忙碌碌，非常周到。金大用不忍心拒絕他的好意；又盤算着他還帶着家眷，諒不至於出甚麼問題。於是，兩家一塊兒上了大船。王十八的妻子和庚娘在一起，看來也是個文靜和氣的女人，只是王十八在船頭上和船户談得很起勁，似乎是老早就很熟識。

　　不多時，太陽落下西山了，來到一處地方，只見茫茫一片大水，分不清南北東西。金大用看看四周，這麼荒涼僻靜，心裡未免有些疑惑奇怪。船又走了一陣子，月亮升起來，看到的地方都是蘆葦叢。船拋了錨，停下來。王十八鑽進艙來，邀請金家父子出艙散心。金家父子上得船頭，王十八乘機一膀子把金大用推下河去。金父一見，剛要呼喊；船户一篙頭，把金父打落水中。金母聽見動靜，出了艙門看看發生了甚麼事，也被打落在水裡。這時王十八才吆喝救人！其實，金母出艙門的時候，庚娘隨在後面，剛才發生的事情，都看得清清楚楚了。聽到一家人都掉進河裡，她也不驚慌，只是嗚嗚地哭着說：“公公婆婆都沒有了，我可往哪裡去呢！”王十八假心假意地勸說着：“娘子也不必發愁！跟我去南京吧！我家裡有房子有地，過得還算富裕，保你今後日子過得歡暢！”庚娘止住了淚，說：“要能這麼着，我也就心滿意足了。”王十八一聽，滿心歡喜，一天來又是端茶又是送飯，招待得很是周到。

到了晚上，王十八要睡到這裡，庚娘推託身上不好，王十八就去他妻子那邊睡了。天將過初更，王十八兩口子，不知為甚麼爭吵起來。只聽得女的氣憤地說：“你辦這件事，要天打五雷轟呵！”王十八就啪啪地打女人。女的呼喊起來：“情願死了吧，也不甘心給殺人賊當老婆！”王十八吼叫着，把女人拖出艙去。只聽得噗通一聲，接着就聽得呼喊說：“有人掉下水去了！”

過了幾天，到了南京。王十八領着庚娘回家，上堂拜見他老娘。老娘一見，很是奇怪：“怎麼不是原來的媳婦了？”王十八說：“原先媳婦掉在水裡淹死了。這個是新娶來的。”進了臥房，王十八又要親近庚娘。庚娘推開他，笑着說：“三十歲的人了，還這麼不解事！人家老百姓成親，還喝上一杯水酒呢！你家裡也是富戶，可不能這麼草草了事。即使不能張燈結綵，至少也得辦桌酒席才是呀！”王十八挺高興，置辦了一桌酒席，兩個人對坐着吃酒。庚娘端着酒壺，一杯又一杯地殷勤勸着。王十八慢慢有些醉了，推讓說不能再喝了。庚娘又換了大碗盛酒，強做笑容勸說着。王十八不忍拒絕，端起來一飲而盡。這次終於醉了，脫掉衣服到床上睡下。庚娘吹熄了蠟燭，藉口解手，輕輕出了房門，偷偷把菜刀抓在手裡，摸着黑來到床前，伸手摸索王十八的脖子。王十八在醉夢裡抓住庚娘的胳膊，還哼哼唧唧的。庚娘猛力揮刀砍了下去。誰知這一刀並沒砍死，王十八嚇的一聲要蹦起來。庚娘接着又是一刀，他這才一命嗚呼，沒了狗命。那老娘似乎聽見動靜，急走過來問道出了甚麼事。庚娘一刀也把她殺了。王的兄弟王十九發覺了，趕過來。庚娘知事情不妙，反過刀來砍自己的脖子，刀卻捲了刃，砍不進去。她扔下刀，跑出門去。王十九在後面緊追上來。她跑着跑着，看見前面是個大水塘，一縱身子便跳進去。

這時候，鄰居們也被吆喝起來。有人下水把庚娘救上來，可是已經死了！只見庚娘面色端莊艷麗，如同活着一樣。鄰居們檢查王十八屍體的時候，發現在窗户台上有一封信，拆開來看，是庚娘寫的。信裡詳詳細細述說王十八怎麼謀害了她全家人。眾人很受感動，稱讚庚娘是個烈婦，商量好要給她斂錢出殯。到了天明，來看的有好幾千人。看到庚娘這般端莊艷麗的容貌，又聽了這樣英勇報仇的事蹟，個個敬佩，人人朝拜。才一天的時間，就募捐了上百兩銀子，好心的人們幫着買了金銀首飾，珠冠繡服，又買了上等棺木。裝殮起來，葬在南郊墓地裡。

那天，金大用被擠落河裡，抓住一塊漂浮的木板，才保得了性命。直到快天明時，到了淮上，被一條小船救上來。這隻小船是個富户尹老人為着搭救落水遇難的人專門設置的。金大用清醒過來以後，特地登門去道謝。尹老人見他一副斯文模樣，待承他很優厚，要留下他做兒子的教師。金大用因為還不知道家裡人的消息，打算前去探望，定不下來是留還是走。正在這時，聽得來人報告，說是撈起個淹死的老頭子和老媽媽。金大用疑心是自己爹媽，急忙跑到河邊去看，果然不錯。尹老人叫人買了棺木，把金的父母裝殮起來。金大用正在哀傷痛哭的時候，又來人報告說：「救起了個女人。這女人說金大用是她丈夫。」金大用收住淚水，心想莫非是庚娘？正要前去看望，那女人已經來了。仔細一看，不是庚娘，卻是王十八的妻子。這女人一見金大用，就號啕大哭起來，請求金大用收留她。金大用說：「我的心亂透了。自個兒的遭遇已經夠受的了，哪有心緒給你打算呵！」女人一聽，哭泣得更厲害了。尹老人問明白原故，歎息着說：「依我看，這也是天理報應呵！你就收留這個女人做妻子吧！」金大用推辭說：「我正在給父母守喪盡孝的時期，哪能結親？再說，我還打算報仇雪恨呢，要個老婆不更是個累贅！」女人說：「要是這麼說，假若庚娘還在着，你為着居喪報仇，還能丟掉庚娘嗎！」尹老人覺得這女人有見識，說話有理，就提出暫時代替金大用將女人收養着，以後再說。金大用這才勉強應承下來。在葬埋金大用的父母時，女人披麻帶孝，十分悲痛，如同死去自己的公婆。

　　辦完喪事，金大用懷揣一把快刀，手托瓦盆，決心去揚州找王十八報仇。女人勸說道：「我姓唐，老輩一直住在南京，和那個豺狼是同鄉。他說是揚州人，那是騙人的假話。江湖上的水賊，大半是他的同黨。你這樣孤身一人前去，不只報不了仇，只怕是招災惹禍呢！」金大用聽她這麼一說，一時間也拿不出個能報仇的好主意，只是恨起來，牙咬得咯巴響，想起一家的慘死，就痛哭一場。

這當兒，奇聞傳來，説是有個烈性女子為着復仇，親手殺了賊人。這故事在沿江一帶到處流傳，姓氏名誰，前因後果，説的很是詳細。金大用聽到仇人被殺，很覺痛快；得知庚娘壯烈去世，也更加傷心。於是，就要求唐氏説：“庚娘死得很貞烈，真是我的幸事。家裡出了這個好妻子，我哪能忍心背負她，另外再娶親呢！”唐氏也很堅決，她説：“先前我們已經説定了，我決不離開你！就是當丫頭，我也願意伺候你一輩子！”尹老人也勸慰着，這才安頓下來。

這一天，有個袁副將軍，原來和尹老人交誼很厚，路過此地，前來拜望。見到金大用，很是賞識，請金大用當了他的秘書。過了一陣，袁將軍立了大功，金大用也跟着記功，升了個游擊的官職。到了這時，金大用和唐氏才成了親。

他們成親後，金大用就帶上唐氏上南京，打算前去給庚娘掃墓。船過鎮江，想上金山看看。船到江心，迎面划來一條船，艙裡着坐個老太太和個少婦。金大用一看，那個少婦，眉眼裡很像庚娘。兩隻船交錯而過，那個少婦也探出頭來張望金大用，動作神情更像庚娘。金大用疑心是她，卻又不敢追問，急忙呼喚説：“看，群鴨子飛上天去了！”那個少婦聽見，回應説：“饞猧兒要吃貓子腥嗎！”這是他們夫妻在閨房裡開玩笑的話。聽她這麼一回答，金大用十分驚奇，趕忙吩咐船家返回追上那船。近前仔細一看，果然真是庚娘呵！丫頭把庚娘扶過船來。夫妻二人，生離死別，今日相見，抱頭大哭。直哭得船上的人也都傷心落淚。過了一會兒，唐氏就以對待夫人的禮節拜見庚娘。庚娘很是驚奇，就問她怎麼會在這裡。金大用細細説明過往由來。庚娘拉着唐氏的手説："同船時那一席暖心話，心裡至今忘不下。想不到竟然成了一家人。前幾年多虧你代替我埋葬了公婆，該當鄭重地向你道謝呀！我們之間，哪能以主人丫頭的禮節見面呢！"於是，説明年齡，唐氏比庚娘小一歲，兩人便以姊妹相稱。

原來，庚娘被埋葬後，不知過了多長時間，只聽得耳邊有人呼喚，就慢慢醒了過來。用手摸了一下，四周都是牆壁，這才醒悟過來，自己這是給葬埋了。但並不覺得身上有甚麼痛苦，只是感到喘氣不順悶得慌。正巧，有兩個盜墓人看到庚娘入葬的財物豐富，就挖了墳，啟開棺材，他們正想搜刮財物，忽見庚娘仍然活着，又是驚奇，又是害怕，愣怔怔地呆住了。庚娘擔心他們加害自己，就哀懇説："幸虧你們到來，才使我得見天日。我這些首飾，全都贈送給你們；再把我賣到庵裡當尼姑，也可以得幾個錢。我決不把這些事情告訴別人！"盜墓人下拜説："娘子是貞婦烈女，實在教人敬佩！我們兩個人，只是人窮志短，才幹這種見不得人的事。只要您不告發，我們就感念恩德了，哪敢再把娘子賣做尼姑！"庚娘説："這是我自個兒願意的事，就這麼着辦吧！"另一個盜墓人説："鎮江有個耿夫人，自個兒一人，跟前也沒子女。娘子要是去投奔那裡，定準高興地收留下您。"庚娘謝了，並且把手鐲耳環取下送給他們。盜墓人不收，再三推讓，才收下來。催上車船，送庚娘去了耿夫人家，説明是遭難的人，家裡沒有親人了，特地前來投奔。耿夫人是個大富戶，守寡過日子，見到庚娘，喜愛的了不得，馬上認作親女兒，待如掌上明珠。這次庚娘和金大用在江上相遇，就是母女二人去金山寺朝拜上香歸來。

庚娘把這番經歷敘述一遍，金大用就過船去拜見了耿夫人。耿夫人聽了這椿悲歡離合的生動故事，待承金大用如同親女婿，邀請金大用到家裡，住了幾天才走。此後，兩家經常往來，比親戚還親！

13. 宮夢弼

柳方華，保定人，家裡財產稱雄一鄉；慷慨好客，座上客人常常上百；救人之急，花個千八百兩銀子，毫不吝嗇。賓客借錢往往不還。只有一個客人叫宮夢弼，陝西人，從來沒有過甚麼請求。他每次到來，都住上一兩年。這人言談興趣清雅灑脫，柳方華和他相處時間最多。柳方華的兒子名叫柳和，當時還是個兒童，叫宮生做叔叔。宮生也喜歡同柳和一道玩耍。柳和每次從塾房回來，宮生就和他揭開鋪地磚，藏上石子，裝做埋銀子玩。五間廳房，幾乎全掘藏遍了。人們都笑話宮生行為幼稚，可是柳和偏偏喜歡他，比對別的客人更親熱。

十多年後，柳家漸漸財力空虛，不能供養很多客人，於是客人漸漸稀少了，可是十幾個客人徹夜的談笑歡宴，還是常有的事。柳方華到了老年，家境日益敗落，還是賣地得來銀子，準備飯菜待客。柳和也挺揮霍，學着父親交結小朋友，柳方華也不制止。

不多時，柳方華病死，窮到無錢買棺材。宮夢弼就拿出自己的銀子來，給柳家管理家務。柳和更加感謝他的恩德，不論大小事情，全都委託宮叔給辦理。宮生每次從外面進家來，必定衣袖裡裝些瓦片石塊，到了屋裡就扔在陰暗角落裡，人們也不理解他是甚麼意思。柳和常對宮生訴窮。宮生説："你不知道勞作的艱難。不用説沒有錢，就是給你千兩銀子，也會立刻花光。大丈夫愁不能自立，怎麼能愁窮困呢！"一天，宮生告辭要回家。柳和哭着囑咐他快點回來，宮生答應着，於是走了。柳和越來越窮，窮到不能維持生活，家產快要典當一空，天天盼着宮叔回來，給理一理家事，可是宮叔毫無蹤跡，如黃鶴一般，一去不復返了。

原先，柳方華活着時，給柳和訂了親，是無極縣黃家的女兒，家裡也是個富戶。後來，黃家聽説柳家窮了，心裡暗暗後悔。柳方華去世，給了訃告，黃家也不來弔喪；柳家還以路遠特意諒解黃家。

柳和為父守喪三年，除去孝服後，柳母派柳和親自去岳父家訂結婚日期，期望黃家同情照顧。及至來到，黃父聽説柳和穿戴破爛，責令看門人不讓進門，捎話説："回去籌備上一百兩銀子，可以再來；不然，請從此斷絕關係。"柳和聽到這話，難受得痛哭起來。對門的劉媽媽，看到柳和可憐，給他飯吃，贈送給三百銅錢，安慰一番，打發柳和回家去。

柳和回到家裡，講説一番，母親又傷心又氣憤，可也沒有法子。想起原來客人欠錢的十有八九，讓柳和找那富貴起來的客人求幫。柳和説："從前和我家交朋友的，是為了我家的錢財罷了，要是孩兒坐高頭大馬拉的華麗車子，去借個千八兩銀子也不是難事。如今這般窮相，誰還想着從前，記得舊交情呢？再説，父親給人家錢財，從來沒有借字，討債也沒個憑據呵。"母親再三讓他去。柳和聽從了，出去討債。過了二十多天，一文錢也沒討來。只有個戲子李四，過去受過周濟，聽到這事，贈送了一兩銀子。柳家母子痛哭一場，從此，對討債的事絕望了。

黃家女兒已經十五歲了，聽到父親斷絕了和柳和的親事，私下不以為然。黃父想讓女兒另外嫁人。黃女哭泣說：“柳郎不是生下來就窮的。如果他現在比以前還富上一倍，別人能娶走我嗎？如今因為柳家窮就斷親，太不仁義了。”黃父很不高興，婉言百般勸說，黃女始終不動搖。黃家父母都生了氣，天天唾罵，說女兒沒出息，黃女也不在乎。

不久，黃家夜裡遭到強盜搶劫，黃家

父母受了酷刑，差點死去，家中財物全給搶光了。過了三年，黃家更加敗落。有個西路商人聽說黃女很美，願意出五十兩銀子娶她。黃父見錢眼開，應許了，打算硬讓女兒嫁過去。黃女知道了這事，塗髒臉，換上裝，乘夜間逃走了。

　　一路要着飯，經過兩個月，黃女才到了保定，打聽出柳和家的地址，直接找到門上。柳母以為是要飯女子，就喝斥她。黃女嗚嗚哭着，說明自己是黃女。柳母一聽，拉着黃女的手也哭起來，說道："孩子，你又黃又瘦，怎麼落到這般模樣呵！"黃女又難過地述說了一路上的遭遇。柳家母子聽着都痛哭起來。於是，讓黃女洗臉、梳頭，轉眼間，黃女臉色白裡透紅，眉眼煥發光采。柳家母子看着非常高興。可是，一家三口，每天只能吃上一頓飯。柳母哭着說："我母子受苦是該當的，可憐的是對不住我賢慧兒媳婦呀！"黃女笑着安慰婆母，說："新媳婦在叫化子當中，嘗夠了貧困滋味。今天看來，覺得有天堂地獄的差別呢！"柳母讓她說得笑了。

　　一天，黃女走進閑屋裡，看到地面上長滿叢叢雜草，又進了內房，地上積滿厚厚一層塵土，陰暗角落裡似乎堆積着東西，踢一下硬得碰腳，拾起來一看，都是銀子呢！趕快跑去告訴柳和。柳和同她一道去觀察，原來宮叔往日扔拋的瓦片石塊，都變成銀子了。想起小時候常和宮叔在屋裡地下埋石頭，莫非都是銀子吧！可是，原來的宅子已典當給東鄰。急忙贖回來，進舊宅子去看，地上方磚殘缺地方，原來埋藏的石子顯露出來，柳和很覺失望；再掘掘別的方磚，那下面卻全是白花花的銀子呢。霎時之間，柳家成了百萬富翁了。從這，贖田產，買奴僕，宅第豪華勝過往日。

於是，柳和自勉說："若不自立，對不起宦叔！"下定決心，閉門攻書，三年後中了舉人。就親自帶上銀子，去酬謝劉媽媽。到了那裡，柳和穿着耀眼的華麗衣裳，帶着的十幾個俊壯的僕人，都騎着歡騰的高頭大馬。劉媽媽只是間小屋，柳和就坐在床上。滿巷子裡，人喊馬叫。這時候，黃父自從女兒逃走，西路商人逼着退還彩禮，那錢已花去了將近一半，賣了宅子，才還上彩禮錢，所以窮困得就像柳和先前那樣了。聽到原先女婿這般榮耀，黃父只有關起門來，自己難過傷心罷了。這邊劉媽媽打酒做菜招待柳和，說道黃女賢慧，歎惜她逃走，不知去哪裡了。又問柳和："娶親沒有？"柳和說："娶了！"吃過飯，柳和堅請劉媽媽去看新媳婦，坐上車一道回來。

到了柳家，黃女華裝麗服走出來，幾個丫環簇擁着，如同仙女一般。劉媽媽和黃女兩人一見，都很吃驚，於是敘述起以往舊事。黃女殷勤地問候了父母。一連幾天，款待劉媽媽特別優厚，給她做了高級衣服，上下一新，才送她回去。

劉媽媽去了黃家，報告了黃女的消息，並說黃女捎話問好。黃家老兩口一聽，大吃一驚。劉媽媽勸說黃家去探望女兒，黃父很覺難為情。

不久，受凍挨餓實在難忍，黃父不得已去了保定。及至到了柳家門口，只見門樓宏麗，看門人橫眉怒眼，從早到晚沒能稟告進去。看到有個婦女走出來，黃父陪着笑臉，低聲下氣地告訴了自己姓氏，求她暗地裡通報給黃女。一會兒，那婦女又走出來，領着黃父進了耳房，説：“娘子很想見上一面，可是又怕郎君知道，正在等個機會。老大爺甚麼時候到這裡的，是不是餓了？”黃父訴説了家裡的難處。婦人拿出一壺酒、兩盤餚，放在黃父臉前，又贈送五兩銀子，説：“郎君正在上房開宴，娘子怕是不能來了。明天清晨早點走吧，別讓郎君知道了。”黃父答應下來。

第二天，早早起床，收拾好行李要走，可是大門還沒打開，黃父只好待在門洞裡，坐在行李卷上等待。忽然，院裡喧嚷着主人出來了，黃父正要躲避，柳和已經看見，見怪地質問是甚麼人，僕人都回答不出來。柳和生氣説：“必定是個賊人！抓起來送到官府去。”僕人答應着，拿出繩子將黃父捆在樹上。黃父又羞愧又害怕，不知説甚麼好。不多時，昨天那個婦人出來，跪下稟告説：“是我舅舅。因為昨晚來得晚，所以沒能稟告主人。”柳和下令給解了綁。婦人將黃父送出大門，説：“忘了囑咐看門人，出了這個差錯。娘子説：想念的時候，可讓老夫人裝成賣花的，和劉媽媽一起來。”黃父答應，回去後説給了黃母。

黃母渴望見見女兒，就告訴劉媽媽。劉媽媽果然和她一起到了柳家。經過十幾道院門，才到達黃女住房。黃女身穿彩帔，頭梳高髻，戴的是珠寶翠玉，穿的是綾羅綢緞，散發的香氣襲人，細聲一語，大小丫頭老媽子快步走進，圍繞身旁，搬來飾金的交椅，放好墊腳的竹具，伶俐丫環送上香茶。母女兩人都用隱語互相問好，四目相對，淚眼汪汪。到了晚上，整理臥室，安置好兩位老媽媽，睡的被褥，又溫暖又舒適，就是當年富裕時也沒有過。黃母住了三五天，黃女待承得情深意厚。黃母多次將女兒領到無人地方，哭着表白以前錯了。黃女說：「我們母女有甚麼忘不下的過錯，只是柳郎憤恨沒解，防備他知道呵！」每逢柳和來，黃母就趕忙躲開藏起來。

一天，母女兩人正在對坐說話，柳和突然進來看見了，生氣地斥責說：「哪裡的老東西，竟敢和娘子靠身坐着，該撕光她的鬢毛！」劉媽媽趕忙進來說道：「這是我的親戚，賣花的王嫂，請別怪罪！」柳和趕忙請劉媽媽坐在客位，道歉認錯。接着坐下說：「姥姥來了幾天，我太忙了，沒得閑敍談。黃家那個老畜生還在不？」劉媽媽笑着說：「都還很好，只是窮得沒法過。官人大富貴，怎麼不顧念下丈人女婿的情份呢！」柳和拍着桌子說：「當年，要不是姥姥憐惜賞給一盆粥，我怎麼能回到家鄉來！如今恨不得捉住那老畜生，吃他的肉，睡他的皮，有甚麼可憐惜的！」說到恨處，站起來頓着腳罵。黃女惱怒說：「他即使不仁義，也是我的父母。我千里迢迢跑來，凍傷了手，磨破了鞋，也覺得對得起郎君。怎麼就對子罵父，讓人難堪呢！」柳和這才消了怒火，起來走了。黃母又羞愧又喪氣，無臉見人，辭別要回家。黃女偷偷給了二十兩銀子。

黃母回去後，不再來往，音信斷絕。黃女十分思念父母，柳和就派人去叫他們來。黃家兩老口來到，慚愧得無地自容。柳和道歉說：「去年兩位老人光臨，又不告訴明白，所以多有冒犯得罪。」黃父只有是是答應着。柳和給黃家二老換上新衣新鞋，熱情安置招待。住了一個多月，黃家二老終究是心裡不安，就告別要回家。柳和贈送了一百兩銀子，說：「西路商人給五十兩，如今我加倍給你。"黃父羞愧着收下來。柳和派上車馬,送黃家二老返回家鄉。黃家老兩口到了晚年,仍然過着小康生活。

14. 雷曹

　　樂雲鶴、夏平子兩個人,小時是同鄉,大了又是同學,成為莫逆之交。夏生小時就很聰明,十歲就因有文才而出名。樂生虛心向夏生求教,當作老師侍奉;夏生也認真指導,從不懈怠。因此,樂生的文思日見長進,和夏生齊名了。可是,他們科舉不得志,總是榜上無名。

　　不久,夏生染上瘟疫死了,家裡貧窮無力安葬;樂生挺身而出,獨自擔當起來。夏生撇下個懷抱孩子和妻子,樂生按時周濟夏家,每得一升半斗糧食,必定分成兩份,送一份給夏家,夏生的妻子和兒子靠這才活下來。於是,士人大夫更加稱讚樂生。

　　樂生家裡田產不多,又替夏生撫養家屬,家境日益艱難。歎息說:"平子這麼有才份的人,還碌碌無為地死去,何況我這樣的!活着不能及時取得富貴,成年地憂慮,恐怕早於狗馬填進溝去,辜負了這一輩子,不如早早自作打算吧。"於是,放棄讀書,去做買賣,經營了半年,家境略為富裕。

　　一天,樂生到金陵,在客店歇息。看見一個高個子,瘦骨嶙峋,徘徊座旁,神情暗淡,面帶愁容。樂生問他:"想吃東西嗎?"那人也不言語。樂生推過飯食讓他吃，那人就用手抓着吃，一會兒就吃光了。樂生又叫添了兩個人的飯，那人又吃光了。樂生又叫店主割塊豬肘子，堆上一摞蒸餅，那人又把幾個人的飯都吃光了，這才吃飽肚子，道謝説："三年以來，還沒有吃這麼飽過。"樂生説："你真是個壯士呵，怎麼竟然這般困頓呢！"那人説："有罪遭到上天懲罰，不能説呵。"問他家在何地。説："陸地沒有屋，水上沒有舟，清晨在村裡，傍晚在城外罷了！"樂生整治行李要走，那人跟着，戀戀不捨。樂生辭別。那人告訴説："你將有大難臨頭，我不忍心忘掉這一頓飯的恩德呵！"樂生覺得奇異，就和他一起走了。路上拉他一塊吃飯，那人推辭説："我一年只吃幾次飯呢！"樂生更加驚奇。

第二天渡江，忽然狂風大作，波濤洶湧，商船全都翻了。樂生和那人全掉到江裡。轉眼風停，那人背着樂生踏着波浪鑽出水面，上了條客船，自己又破浪而去。一會兒，那人拖了一條船來，扶着樂生上去，囑咐樂生躺着看守船隻，又跳進江裡，用兩臂夾着貨物出水，把貨扔到船上，接着，又沉進水中。幾進幾出，撈出的貨物擺滿了船。樂生道謝説："你救活了我，我就很滿足了，哪敢希望貨物再撈回來。"檢查下貨物錢財，毫無損失，越發高興，樂生認為那人準是神人。開船要走，那人卻要告辭，樂生苦苦挽留，才一塊渡江。樂生笑着説："這場災難，只是丟了隻金簪子罷了。"那人要再去找尋。樂生剛要勸止，那人已經投身江中不見了。樂生驚愕了好長時間，忽見那人帶笑出水，將簪子交給樂生，説："幸而完成你的使命了！"江上人沒有不驚奇的。

樂生和那人回到家，坐臥一起，時刻不離。那人十多天才吃一頓飯，吃起來無其乃數。一天，那人又説要走，樂生堅決挽留。當時正是天陰要下雨，聽到雷聲，樂生說：「雲裡不知道甚麼樣子，雷又是甚麼東西？怎麼能夠到天上看看，這個悶葫蘆就可解開了。」那人笑着說：「你想要去雲中遊玩一番嗎？」

不多會兒，樂生很覺疲倦，伏在床上打瞌睡。醒來，覺着身子搖撼，不像在床上；睜眼看看，是在雲彩裡，周圍像團團棉絮。驚奇地站起來，暈糊糊地像在船上，用腳踩踩，軟綿綿不是地面。抬頭看看星辰，就在眼前，還疑心是在做夢。仔細看看，星星鑲嵌天上，像蓮子在蓮蓬上一樣。那星星，大的像甕，次的像瓶，小的像盅子；用手搖撼，大的堅硬不動，小的活動，似乎能夠摘下來，就摘了一個，藏在袖子裡。撥開雲彩向下看，只見雲海茫茫，城市豆般大小。驚心地一想：設若一失腳，這身子還用問會怎樣了嗎！

一會兒，只見有兩條龍屈伸自如地駕着蒙錦的車子走來。那龍一甩尾巴，摔鞭子般響。車上有容器，卻有幾丈粗，滿盛着水。有幾十個人，拿家雜舀水，灑遍雲間。那些人忽然看到樂生，都很奇怪。樂生仔細一看，相好的壯士在那些人裡面呢。那人對眾人說：「他是我的朋友！」就取了件家雜交給樂生，教他灑水。當時大旱，樂生接過家雜，撥開雲彩，看着大約是家鄉的地方，盡情灑水。

待了一會兒，那人對樂生說：「我本是雷曹，先前耽誤了行雨，罰降人間三年。如今天限期滿，從此要離別了。」就將駕車的萬丈長繩扔在臉前，叫樂生抓住繩頭，好墜送下去。樂生害怕，那人笑着說：「不妨事！」樂生按他說的辦，颼颼地轉眼到達地面。看看，是墜立在村子外面。那繩子漸漸收回雲裡，看不見了。當時旱情很

重，十里地外只下了一指雨，惟獨樂家村裡，雨下得溝
渠都滿了。

　　樂生回到家裡，摸摸袖子，摘的那顆星還在。
取出來放在桌上，黑乎乎地像塊石頭，到了夜
裡，放出光亮，滿屋通明。於是，樂生更加當
做寶貝，錦包緞裹珍藏起來。只有知己客人
前來，才取出星星，照明飲酒。要是從正
面看這星星，條條光芒直射眼睛。

　　一天晚上，樂生的妻子面對星星坐
着，握髮梳理，忽然看到星光漸漸縮小
得像螢火蟲那樣，滿處流動亂飛。妻子
正在驚奇詫異，那星星已飛進口裡，
咯不出來，竟然咽下去了。妻子嚇得
跑去告訴樂生，樂生也很覺奇怪。睡
下以後，樂生夢見夏平子來了。夏生
説：“我是少微星呵！你對我的好處，
牢記心中。又承蒙你把我從天上帶回
來，可説是有緣份。今日做你的後代，
報答大恩大德。”樂生三十歲了還沒兒
子，得了這夢，很是高興。從這，妻子
果然懷孕了。到了臨盆生產，光照滿室，
像星星在桌子上那樣，就給兒子起名叫“星
兒”。星兒非常伶俐，十六歲上就中了進士。

15. 促織（蟋蟀）

　　明朝宣德年間，皇宮裡時興鬥蛐蛐兒（蟋蟀），每年都向民間徵收。蛐蛐這個東西兒本來不是西部出產的；只是有個陝西省華陰縣的縣官要巴結上司，送獻了一頭蛐蛐。後來試着讓這個蛐蛐去鬥，卻很有本事，所以下令讓華陰縣按時供應。縣官又下令讓里長們供應。街市上游手好閒的人，得到優良的蛐蛐，用籠子養起來，抬高價格，當成寶貨。里長們很狡猾，假借這事攤派到各家各戶，每徵一頭蛐蛐，往往有幾家因此破產。

　　縣裡有個人叫成名，唸書打算考秀才，長期沒考上。這人性情迂腐，不善說話，就被狡猾的公差報上名字，充當了里正。成名千方百計找門路想辦法，也退不掉這個差事。幹了不到一年，本來不多的田產給賠光了。正在這時又碰到徵蛐蛐，成名不敢向各戶攤派收繳，自己又沒有錢財賠償，發愁苦悶，急得要死。

　　成名的妻子說："就是死了，又有甚麼好處呢！倒不如自己去尋找捕捉蛐蛐兒，或許萬一能捉住呢！"成名贊同這個意見。於是，他早出晚歸，提着竹筒子、銅絲籠子，在那些破牆亂草裡，探石縫，挖土洞，甚麼法子都用過了，到底還是不濟事。就是捕捉到三兩頭蛐蛐兒，又都是些劣種弱貨，不符合規定的標準。縣官定下限期，多次用刑追逼，十多天裡成名被打了百十板子，兩條大腿間濃血淋漓，連蛐蛐兒也不能走去捉捕了，躺在床上翻來覆去，只是想自殺死了算了。

　　這時，村裡來了個駝背神婆子，能請神算卦。成名的妻子帶着香錢前去問卦。只見紅顏少女、白髮老太婆，擠滿了門戶。進了神婆的屋子，那內室前垂掛着門簾。簾子外面擺設着香案。問卦的人燒上香插在香爐裡，一拜再拜。神婆站在旁邊替問卦的對着半空禱告，嘴唇一閉一張，也不知道唸的是甚麼。每個人都很肅靜地站着等待。待了一會兒，簾子裡面扔出一張紙片，上面寫着問卦人的心事，完全符合，沒有絲毫差錯。

成名的妻子把錢放在香案上，燒香跪拜和先前那人一樣。一頓飯的工夫，簾子一動，一片紙丟出落地。撿起來一看，不是字而是畫，上面畫着殿閣，好像是寺廟；殿閣後面，小山下面臥躺着奇形怪狀的石頭，一叢荊棘，一頭好品種叫"青麻頭"的蛐蛐趴伏着，旁邊一個蛤蟆，像是就要跳起來。成妻看着只是看不明白。可是見畫上有蛐蛐兒，暗地裡符合了心事，於是，摺疊起畫，藏在衣襟裡，回到家裡給成名看。

成名翻來覆去揣摩，心裡想："莫非是指教給我捕捉蛐蛐的地方嗎？"細看畫上的景象，和村東面的大佛閣非常相似。於是，勉強起床，扶着拐棍，拿着畫圖，走到大佛閣的後面。只見有座古墳，草木很是茂盛。沿着墳走，看到臥着的一塊塊石頭，簡直就和畫上的一樣。就在蓬蒿叢裡側耳細聽，慢步前行，像尋找銀針芥子似的。可是費盡眼神耳力，一點蛐蛐的影蹤動靜也沒有。

成名仍然用心盡力搜索着，猛地一頭癩蛤蟆跳過去。成名一見，越加驚奇，急忙追趕，蛤蟆鑽進草叢裡去了。他輕步跟蹤，分開枯草尋求，只見有個蛐蛐趴伏在荊棘根上。趕忙一撲，蛐蛐鑽進石窟窿裡去了。成名用尖細小草探挑，蛐蛐不出來，又用筒水澆灌，才爬出來。一看，蛐蛐的形狀很是俊秀健壯。成名追上前去，捕捉住了。仔細觀察，這蛐蛐大大的身個兒，細長的尾巴，青色脖頸，金黃的翅膀。他高興極了，將蛐蛐放在籠子裡，帶回家來。全家人高興得慶賀，就是能換幾個城池的玉璧，也不如這蛐蛐金貴。

把蛐蛐放在盆裡供養着，餵牠蟹子的白肉，栗子的黃粉，極為愛護，留着等到限期，好交官差。

成名有個兒子，才九歲，瞅着他父親不在場，偷偷

掀開盆蓋。那蛐蛐兒蹦跳出來，快的沒法去捉。趕到捕捉到手裡時，蛐蛐兒已經掉了大腿，裂了肚子，不多會兒就死了。兒子害怕，哭了，去告訴了媽媽。媽媽一聽，臉色灰白，十分驚怕地說："小畜牲！該死啦！你爹回來，準會和你算賬的！"兒子嚇得哭泣着走了。

不多時，成名回家來，聽到妻子說的情況，如同冰雪澆身。他氣忿忿地去找兒子，可是兒子無影無蹤，不知何處去了。後來，在一口井裡找到兒子的屍體。這一下子，怒氣化成悲傷，急得頭碰地，口喊天，哭得要斷氣了。夫妻兩口子呆坐在牆角，也不生火做飯，只是沉默着臉對臉看着，覺得沒有甚麼指望了。

天快黑了，準備將兒子用蓆捲起來去埋葬。靠近撫摸，覺得還有輕微的喘息。心裡有點歡喜，把兒子放在床上。到了半夜，兒子又復活了。兩口子這才心裡稍微熨貼些，但兒子神情癡呆，氣力不足，只是想睡。成名回頭看看蛐蛐籠子空空的，就忍氣吞聲，也不把兒子死活放在心上了。從傍晚到清晨，一宿也沒合眼。

太陽升起時候，成名還木頭般躺在床上發愁。忽然聽見門外有蛐蛐叫聲，吃驚地起床去察看，原來那隻蛐蛐仍然還活着。心裡高興，趕忙捕捉，那蛐蛐叫了一聲就跳走，跑得很快。成名撲過去，用巴掌趕快捂住，覺得空空的沒有東西，剛抬起巴掌，那蛐蛐又猛地跳開了。成名急忙追趕，轉過牆角，弄不清蛐蛐哪裡去了。

成名走來走去，四處張望，發現蛐蛐趴伏在牆壁上。仔細觀看那蛐蛐，又短又小，黑紅色，完全不是原來那隻。他覺得這隻短小，以為是個劣等貨，不去捉牠。只是東看西看，前看後看，找尋他所追趕的那隻。牆上那隻小蛐蛐忽然蹦下來，落在成名襟袖之間。成名看看這隻，形狀像隻螻蛄，梅花翅膀，棺材頭，腿挺長，似乎像個好品種。心裡喜歡，就收養起來，準備貢獻給縣官去。可是，心裡不踏實，害怕不合乎要求，心想讓這隻蛐蛐鬥鬥，看看本事到底怎麼樣。

村裡有個游手好閒的少年人，馴養了一頭蛐蛐，起名叫"蟹殼青"，天天拿着和同輩的蛐蛐鬥，從沒失敗過。他想用牠撈一筆，定了個高價錢，也沒有人能買牠。這少年直接上門找到成名，見成名養的蛐蛐，捂嘴暗笑。於是，拿出自己的蛐蛐來，放在比鬥的籠子裡。成名一看，那蛐蛐個頭大又挺健壯，自然更加膽怯羞愧，不敢比試，少年堅持要比。成名回頭一想：養着個劣等貨終究沒有用處，不如讓牠拼一場，換個大家歡笑。

於是，將兩個蛐蛐放進鬥試的盆裡。這小蛐蛐趴伏着一動不動，蠢笨得像個木頭雞。那少年又大笑起來。試着用豬鬃撩撥蛐蛐的觸鬚，這小蛐蛐仍然不動彈。那少年又笑了。多次撩撥，小蛐蛐突然發威，直衝過去。兩隻蛐蛐鬥起來，跳躍攻擊，鼓翅鳴叫。猛然看見那小蛐蛐跳起來，張開雙尾，挺直觸鬚，奔去啃住敵方的脖頸。少年大吃一驚，急忙解脫開來，讓牠們停止了戰鬥。那小蛐蛐翹起翅膀自我誇耀着鳴叫，似乎報告主人勝利了。成名十分高興。

這時，大家正在一塊看着玩，有一隻雞忽然走來，直接伸頭就啄那小蛐蛐。成名嚇得站起來驚慌喊叫。幸虧沒有啄中，小蛐蛐跳出兩尺多地，那雞又跨步前進，追着趕上，那小蛐蛐眼看落在雞爪子下了。成名急慌着不知該怎麼搶救，只是跺腳，臉都給嚇黃了。接着，只見那雞伸挺脖頸，擺着頭，撲拉翅膀。近前一看，原來那小蛐蛐趴在雞冠子上，使勁叮着不放。成名更加驚奇喜歡，捉住小蛐蛐放在籠子裡。

第二天，成名將小蛐蛐呈送給縣官。縣官一見這蛐蛐太小，生氣地訓斥成名。成名就講出這蛐蛐的奇特本領。縣官不相信。用牠和別的蛐蛐鬥，那些蛐蛐都敗了。又用雞來試驗，果然像成名說的那樣。縣官這才獎賞了成名，把小蛐蛐進獻給陝西巡撫。巡撫非常高興，用金絲籠子盛着貢獻給皇帝，寫了奏文詳細說明這小蛐蛐的能耐。

已經獻進到宮裡，拿着各地進貢的上等品種的蛐蛐，甚麼蝴蝶、螳螂、油利撻、青絲額等等，各種奇特的蛐蛐，全都比試賽過，沒有能比得上這隻小蛐蛐。這隻小蛐蛐，每次聽得彈奏琴瑟的聲音，還會應合着節拍跳舞，更令人新奇。皇帝很是欣賞高興，下令賞賜給巡撫名貴馬匹，高級錦緞。巡撫也清楚這賞賜是怎麼得來的，不多久，縣官就被上報成做官成績突出。縣官很高興，免去成名的苦差使，又囑託考試官，讓成名考中秀才。

過了一年多，成名的兒子精神恢復正常，他自己說："身子變化成蛐蛐，身體輕便，動作敏捷，善於打鬥，到如今才醒過來。"

巡撫也重賞了成名。不幾年，成名家裡有了百頃田地，高樓大廈一片，牛羊成群，每次出門，穿着名貴皮衣，乘着豪華的車馬，甚至超過那些世代為官的家庭呢！

16. 姊妹易嫁

　　掖縣有個當了宰相的毛公,原先家裡門第低微,生活貧窮。他父親常常給人家放牛。當時,縣裡世代做官的張姓,有塊新墳地在東山南面。有人經過這墳地旁邊,聽到墳裡怒斥道:“你輩趕快躲開!別總在這裡玷污了貴人的宅子!”張姓聽到這事,也不很相信。接著又連續在夢裡受到警告,說:“你家墳地,本來是毛公的陰宅,你家怎能長久借住這裡。”從這,家裡運氣不吉利。客人勸說道,只有遷葬了才能吉祥,張姓聽從,就將墳挪走了。

　　一天,毛公的父親放牛,經過張姓原來墳地,突然遇上大雨,就跑到廢棄的墓穴裡躲避。接著,大雨傾盆,積水奔向穴洞,咕咕碌碌灌滿,將毛父淹死在裡面。毛公當時還是個兒童。他母親親自去見張姓,乞求給塊地埋葬丈夫。張姓問明白她家姓氏,很是奇怪;去看了看淹死人的處所,正是該放棺材的地方,更加驚奇。就讓毛家就著原來墓穴埋葬了,並且叫她帶著她兒子來一趟。辦完喪事,毛母同兒子一道來到張家道謝。張姓一見毛公,非常喜歡,就留在家裡,教他讀書,將他當自家的子弟看待。又提出把大女兒許給他做妻子。毛母驚奇,不敢應許。張妻說:“既然有了這話,哪能半路改變!”終於將大女兒許配給毛公。

　　可是,張家大女兒輕視毛家,埋怨和嫌丟人的心情,說在口裡,現在臉上。有人偶而提到這件親事,她就摀住耳朵。她常對別人說:“我死也不嫁給放牛娃。”到了迎親日子,新郎坐上酒席,花轎停在門外;這張女袖子捂着臉對牆哭泣。催她上妝，不上妝；勸說她，也勸解不開。不多時，新郎請行，鼓樂喧天；張女仍然淚眼婆娑，頭髮蓬亂。張父勸女婿稍等，自己進入內房勸女兒。張女仍然哭泣，像沒聽見。張父生氣，逼她上轎，張女更加放聲痛哭起來。張父沒有法子治她。僕人又傳告："新郎要走了。"張父急忙出來，說："還沒打扮好，請新郎稍停停，等一等！"就又跑進內房看看女兒，去去來來腳步不停。拖延了一陣，事更緊急；張女終究不回心轉意。張父沒法，不知該怎麼辦，真要急煞了。張家二女兒在旁邊，責怪姐姐，一勁地勸說。姐姐生氣說："小妮子也學着別人絮叨，你怎麼不跟他去？"妹子說："阿爹本來沒把妹子許給毛郎。要是把妹子許配給毛郎，何須姐姐勸駕呢！"張父聽得二女兒說話慷慨直爽，就和張母暗地商量，用二女兒代替大女兒。張母立時向二女兒說："那個不孝順的丫頭，不聽爹娘的話。我想叫你替姐姐，女兒你肯不肯去？"二女兒痛快地說："爹娘教孩兒去，就是許給個要飯的，女兒也不推辭。再說，怎麼見得毛家郎就終於會餓死呢！"爹娘聽她這麼說，非常喜歡，就用姐姐的嫁妝打扮好二女兒，匆匆忙忙打發上轎去了。

過了門，兩口子親親熱熱，相敬如賓。只是二女兒素來有個頭髮稀禿的病，稍微使得毛公心裡不大愉快。時間長了，漸漸知道了姐妹易嫁一說，從這更感激張女知己的恩情。

時間不久，毛公成了秀才，去應考舉人，路上經過王舍人莊。店主人在頭天夜裡夢見神人告訴：早晨有個毛解元來，日後還會從危難中救你。因此，店主人早早起來專門等候東邊來的客人。及至見到毛公，很歡喜，供應的酒飯特別豐美，不要付錢；特地告訴了自己的夢，鄭重託付一番。毛公也很自負，認為必定得個舉人第一名了。暗暗想到妻子頭禿，恐怕被貴人笑話，等富貴以後，該當另娶個妻子。哪知到張榜之時，毛公竟然沒有考中。於是，他精神不振，步子也邁不動了；懊惱惋惜，覺得十分喪氣。心裡羞慚，怕見店主人，不敢再從王舍人莊經過，從另條路回家去了。

過了三年，毛公又去應考，那家店主人仍然像起初一樣，起早等候，熱情招待。毛公說："你的話那次沒應驗，很對不住你的誠意款待。"店主說："秀才你是因為暗想換妻子，所以被陰間除名才落榜了。哪裡是我的怪夢不能實現呢！"毛公愕住，問其原故。原來是那次分別後，店主人又做了個夢才知道的。毛公聽後，又後悔又心驚，呆呆站着像個木頭人。店主人對他說："秀才應當自愛，終究會成解元的。"不久，毛公果然中了榜上第一名，妻子的頭髮也很快長起來，髮髻烏黑光亮，反而更加增添了幾分嬌媚。

張家大女兒，嫁給同街富戶子弟，有些趾高氣揚。可是，那丈夫浪蕩懶惰，家境逐漸衰敗，四壁空空，窮得無飯可燒。聽到妹妹成了舉人夫人，越發慚愧，往往路上遇見妹妹就躲着走開。又過了不久，丈夫死了，張家大女兒的家境破落下來。接着，毛公又高中了進士。那大女兒聽到了，刻骨般怨恨自己，氣憤得落髮當了尼姑。到了毛公成了宰相，回家鄉時，那大女兒勉強打發女弟子去毛府拜見問安，盼望能贈點甚麼。女弟子來到，夫人贈給許多匹綢紗羅絹，將銀子裹在裡面。女弟子並不知道，帶回去見了師傅。師傅很失望，氣得說："給我點銀錢，還可買柴買米，這種禮物，我用不着。"就叫拿回去。毛公和夫人很奇怪，打開一看，銀子還在裡面，才明白退回的意思。毛公拿出銀子，笑着説："你師傅百十兩銀子還擔當不起，哪有福氣嫁我這個老尚書呵！"就拿了五十兩銀子交給女弟子帶去，説："拿去，作你師傅的生活費用。多了，怕是她福氣太薄承受不了呵！"女弟子回來，全告訴了師傅。師傅沉默不語，暗自歎息，想想自己平素所作所為，正反常常顛倒，美和惡的躲避和追求，哪裡由得自己呢！

後來，店主人因人命案子被捕入獄，毛公竭力解脱，他才得到免罪釋放。

趣味重溫（2）

一，你明白嗎

1. 〈張誠〉中，張訥因何失蹤？
    a. 張訥走進森林砍柴，迷了路。
    b. 張訥砍柴時被老虎叼走了。
    c. 張誠為逃避後母牛氏，帶了張訥逃跑。
    d. 張訥不欲再受制於牛氏，故離家出走。

2. 〈庚娘〉中，盜墓人為甚麼不盜庚娘的陪葬品？
    a. 盜墓人見躺在棺材中的庚娘竟然未死，又驚又怕。
    b. 盜墓人見庚娘美艷如生，故不忍盜物。
    c. 盜墓人敬重庚娘貞烈。
    d. 庚娘哀求盜墓人別盜取她的陪葬品。

3. 根據〈宮夢弼〉故事內容，在正確的陳述後打√，錯誤的陳述後打 X。
    a. 宮夢弼早已料到柳家將會敗落。（　）
    b. 黃女因為父母要把她嫁給西路富商，所以乘夜離家出走。（　）
    c. 柳和為了自立，要對得起黃女，故此發奮讀書。（　）
    d. 柳和消了火，不再罵黃女父母，因為他們不再上門。（　）

4. 〈雷曹〉中，雷曹帶樂生遨遊天際，反映出古人心中天空的樣子，試填充空格。
    樂生睜眼看看，是在雲彩裡，周圍像＿＿a＿＿。驚奇地站起來，暈糊糊地像在＿＿b＿＿，用腳踩踩，感到＿＿c＿＿的。抬頭看看星辰，就在＿＿d＿＿，還疑心是在做夢呢。星星鑲嵌天上，像＿＿e＿＿一樣。那星星大的像＿＿f＿＿，次的像＿＿g＿＿，小的像＿＿h＿＿，還可拿來用手搖搖，大的＿＿i＿＿，小的能動，似乎能夠摘下來。下雨了，原來是____j____駕着蒙錦的子來，一甩尾巴，像____k____。車上有幾丈粗盛滿水的____l____，有幾十個人____m____，灑遍雲間。

5. 〈姊妹易嫁〉中，為甚麼毛公第一次考舉人名落孫山？
   a. 毛公得意志滿，大意答錯題。
   b. 毛公考場作弊，被取消考試資格。
   c. 毛公沒好好預備考試，不懂作答。
   d. 毛公嫌棄妻子頭髮稀疏，打算考中了便另娶。

二，想深一層

1. 〈張誠〉中，以下是張訥不讓弟弟張誠砍柴的原因，試選擇正確答案，於括號內打 √。
   a. 張訥害怕後母牛氏知道，會被責罰。（ ）
   b. 張訥痛惜張誠，擔心他因砍柴而耽誤學業。（ ）
   c. 張誠不懂砍柴。（ ）
   d. 張誠因砍柴而手指割破，鞋也磨穿。（ ）
   e. 張訥怕張誠被老師責罰。（ ）

2. 〈庚娘〉中，庚娘的形象十分突出，試把以下形象描寫和她的性格特徵連線搭配。

形象描寫　　　　　　　　　　　　　　　　　　　　　**性格特徵**

金家父子上得船頭，王十八乘機一膀子把金大用推下河 •　　　　• 膽大心細
去……。這時王十八才吆喝救人！其實，金母出艙門的時
候，庚娘隨在後面，剛才發生的事情，都看得清清楚楚了。
聽到一家人都掉進河裡，她也不驚慌，只是嗚嗚地哭着說：
"公公婆婆都沒有了，我可往哪裡去呢！"

王十八假心假意地勸說着："娘子也不必發愁！跟我去南京 •　　　• 有計謀，藉詞推託
吧！我家裡有房子有地，過得還算富裕，保你今後日子過得
歡暢！"庚娘止住了淚，說："要能這麼着，我也就心滿意足
了。"王十八一聽，滿心歡喜，一天來又是端茶又是送飯，招
待得很是周到。

進了臥房，王十八又要親近庚娘。庚娘推開他，笑着說："三 •　　　• 念舊恩
十歲的人了，還這麼不解事！人家老百姓成親，還喝上一杯
水酒呢！你家裡也是富戶，可不能這麼草草了事。即使不能
張燈結綵，至少也得辦桌酒席才是呀！"

王十八不忍拒絕，端起來一飲而盡。這次終於醉了，脫掉衣 •　　　• 謀定後動
服到床上睡下。庚娘吹熄了蠟燭，藉口解手，輕輕出了房
門，偷偷把菜刀抓在手裡，摸着黑來到床前，伸手摸索王十
八的脖子。

庚娘猛力揮刀砍了下去。誰知這一刀並沒砍死，王十八嗷的 •　　　• 精明，假心假意應對
一聲要蹦起來。庚娘接着又是一刀，他這才一命嗚呼，沒了
狗命。

鄰居們檢查王十八屍體的時候，發現在窗戶台上有一封信， •　　　• 臨危不亂，不大呼小叫
拆開來看，是庚娘寫的。信裡詳詳細細述說王十八怎麼謀害
了她全家人。

庚娘拉着唐氏的手說："同船時那一席暖心話，心裡至今忘不 •　　　• 絕不婦人之仁
下。想不到竟然成了一家人。前幾年多虧你替我埋葬了公
婆，該當鄭重地向你道謝呀！我們之間，哪能以主人丫頭的
禮節見面呢！"

3. 〈雷曹〉中，本來沒兒子的樂生最後得子。以下哪個**不**是他得子的原因？試於括號內打 √。

 a. 樂生妻子看了不少大夫和吃藥，終於能懷孕生子。（ ）

 b. 樂生曾在夏生死後，周濟夏生的孤兒寡婦。（ ）

 c. 樂生見雷曹瘦骨嶙峋，請他吃了一頓豐富的飯。（ ）

 d. 樂生趁雷曹帶他見識天神施雨時，向鬧旱災的家鄉灑了雨水。（ ）

4. 〈促織〉中，小小的蟋蟀使成名一家的心情上下起伏，試把以下事情和他們的心情連線搭配。

事情順序	心情
趕到捕捉到手裡時，蛐蛐兒已經掉了大腿，裂了肚子，不多會兒就死了。兒子…… •	• 心裡還有埋怨
媽媽一聽，臉色灰白。 •	• 氣忿忿地
不多時，成名回家來，聽到妻子説的情況…… •	• 有點歡喜
他去找兒子，可是兒子無影無蹤，不知何處去了。 •	• 悲傷
後來，成名在一口井裡找到兒子的屍體。 •	• 心裡稍微歡喜點些
夫妻兩口子呆坐在牆角，也不生火做飯，只是沉默着臉對臉看着。 •	• 很害怕，哭了
天快黑了，準備將兒子用蓆捲起來去埋葬。靠近撫摸，覺得還有輕微的喘息。 •	• 如同冰雪澆身
到了半夜，兒子又復活了。 •	• 絕望
成名回頭看看蛐蛐籠子空空的，就忍氣吞聲，也不把兒子死活放在心上了。 •	• 十分驚怕

三，延伸思考

1. 如果你是張訥，有個偏心的後母，你將如何自處？

2. 〈庚娘〉中，庚娘夫婦的悲歡離合都在同一場景——江河上，你發現了嗎？為甚麼會這樣巧合？

3. 作者為甚麼要寫〈義鼠〉來講一隻小小的老鼠？

4. 〈促織〉中，成名一家的哀樂甚至死活都繫在蟋蟀身上，為甚麼？

5. 〈姊妹易嫁〉中，當了尼姑的大女兒看到妹夫贈送的綢紗羅絹時，有甚麼想法？

鬼怪故事中的狐狸精

　　一聽到狐狸精這個名字，大抵大家心裡都有個壞印象——是狐狸變的，通常會幻化成美女，專門媚惑男人。這大概應拜中國講鬼怪一類的小說（志怪小說）所賜，其中《聊齋誌異》就記了不少關於狐狸精的故事。

　　狐狸精是中國志怪小說中一個很獨特的形象，有很古老的歷史。中國有一本戰國時代的古老地理書《山海經》，專記神奇怪異的地理風貌，裡面就說青山丘上有頭九尾狐，聲音像嬰兒一般，是一種吃人的妖獸。相信這是對狐狸精最古老的記載了。在中國神話裡，住在西方昆侖山上掌管瘟疫的西王母，旁邊也有一頭九尾狐，只要留意一下古代的文物，就不難發現牠的蹤跡。

　　這以後，如東晉的《搜神記》，唐代傳奇，宋代的《太平廣記》，以至明清小說等裡面的志怪故事，都有大量狐狸精的腳蹤。其中最著名的要數明代長篇小說《封神演義》，講到暴君商紂王的寵妃妲己，原來就是一頭千年老狐精，迷惑紂王，把商朝敗得殆盡。後終被姜子牙擒得，要斬她首級，誰知老狐狸死到臨頭，竟又使出狐媚功架，三番四次把行刑的軍士迷得筋骨蘇軟，如癡如呆，手軟不得動刀。《西遊記》也有狐狸精，記得牛魔王髮妻之外，有個玉面公主嗎？她嬌滴滴，嫋婷婷，貌美如花，把牛魔王迷得七葷八素，把髮妻鐵扇公主都拋到爪哇國去了。說起來，情婦一角，總歸又編派到狐狸精頭上。

　　為甚麼狐狸總是做大反派呢？狐狸嗅覺敏銳，行動敏捷，本性狡猾而多疑，相信這是中外皆視牠為狡猾的代表之因。試看希臘最古老的寓言《伊索寓言》，狐狸十九扮演騙子的角色，中國的狐狸成精以後，又豈會例外呢？中國最古老的字典《說文解字》，也說狐是妖獸，為鬼所驅策。可見狐狸做反派也並非無理。

　　那麼狐狸精有沒有做正派的時候呢？當然有，單在《聊齋誌異》中，就有天真愛笑的嬰寧，善解人意又懂醫術的嬌娜，美麗善良又勤勞的紅玉，情深的鴉頭等等，叫人憐愛，大家不妨看看《聊齋誌異》，多發現幾個可愛的狐狸精吧。

17. 鴉頭

　　書生王文，東昌府人，從小就很忠厚老實。一次，他在楚地遊歷，路過六河縣，住在旅店裡。到門外散步，遇見同鄉趙東樓。趙東樓是個大商人，在外做買賣，常常幾年不回家。見到王文，拉着手，非常高興，邀請王文到他住處去。到了那裡，只見有個美女坐在房裡，王文一愣，覺得奇怪，趕忙退出來。趙東樓拉住他，又隔着窗子招呼妮子躲開，王文才進了房子。趙東樓備好酒菜，兩人相互問候。王文就問："這是甚麼地方？"回答說："這是妓女院。我因長期在外做客，臨時借住在這裡當家。"說話之間，妮子出入多次。王文侷促不安，起身告辭。趙硬拉住讓他坐着。一會兒，看見一個少女從門外經過。那少女望見王文，一雙水靈靈的大眼多次回看，眉目含情，儀態文雅，真像仙女一般呢。王文素來正派，到這時也迷惘若失了。就問："那美女是誰？"趙東樓說："這是老媽媽的二女兒，小名鴉頭，十四歲了。嫖客多次出高價給老媽媽，鴉頭不願意，挨了鞭打。鴉頭說自己年幼，苦苦哀求，才給免了，如今還待嫁呢！"王文聽到這話，低頭默默呆坐，回答問話都前言不搭後語了。見此情形，趙東樓開玩笑說："你要是有意思，我當媒人。"王文失意地說："可不敢有這個念頭。"可是，日頭要落山了，又不說走。趙東樓故意又說做媒的話。王文說："你的好意，我實在感激，只是錢袋空空怎麼好呢？"趙東樓知道那女子性情高傲固執，一定不會答應，就說願意幫十兩銀子。王文拜謝了，趕緊到店裡拿出全部錢財，只有五兩銀子，回來後硬請趙東樓送交老媽媽。老媽媽果然嫌少。鴉頭對娘説：“母親天天責備我不當搖錢樹，今天我就遂你的心願。我初學接客，報答母親的日子長着呢。別嫌錢少，把財神放走了。”老媽媽知道女兒性子執拗，只要答應接客，自己也就歡喜了。就應許下來，派丫環去邀請王文。趙東樓也難以半路反悔，就加上十兩銀子交給老媽媽。

王文和鴉頭，情投意合，十分歡愛。之後，鴉頭對王文説：“我是下賤的妓女，不配和你做夫妻，承蒙深情愛憐，情分很厚。你花光錢財換取這一宵的歡樂，到了明天怎麼辦呢？”王文一想，不禁落下眼淚，抽泣起來。鴉頭説：“不要難過。我流落風塵，實在不甘心。只是沒遇見忠厚老實、可以終身相託的、像你這樣的人。如今，咱們夜裡逃走吧！”王文高興，急忙起床，鴉頭也起來，聽那譙鼓已是三更了。鴉頭趕緊換上男裝，匆匆忙忙一道走出。到了王文住處，敲開店主人的門。王文原先是帶着兩頭驢子來的，就託詞説有急事，叫僕人立刻上路。鴉頭將幾道符籙繫在僕人腿上和驢耳朵上，放鬆韁繩，極力奔馳，驢跑得飛快，王文眼都難以睜開，只聽得耳後呼呼的風響。

天剛放亮，就到了漢口，租了房子住下來。王文驚奇鴉頭怎麼會法術。鴉頭説：“説出來，該不會害怕吧！我不是人類，是狐仙呢！母親過於貪財，我天天遭受虐待，心裡積滿怨恨。如今幸而脱離苦海了。出了百里地，她就算不出來，咱們可以平安無事了。”王文毫不疑忌，從容地説：“房裡坐對着美人，家裡卻是四壁皆空，實在難以自我安慰，恐怕最終還是要被拋棄了呢。”鴉頭説：“用不着發愁。如今市上貨物都可買賣，三兩口人，粗菜淡飯總是能顧上口的。可以賣掉驢子當本錢。”王文聽從她的話，就在門前開了個小店舖。王文和僕人一起親自幹活，在店裡賣酒。鴉頭做披肩，繡荷包，每天賺些錢，吃用都較富裕。過了一年多，慢慢能養得起丫環老媽子。從這，王文不再下手幹活，只是檢查督促罷了。

一天，鴉頭忽然憂愁得痛哭起來，説："今夜該當遭難，怎麼辦呵！"王文問她，鴉頭説："母親已經知道我的消息，必然逼迫我回去；要是派姐姐來，我不擔心，怕的是母親親自前來。"夜已盡，鴉頭慶幸地説："不要緊，姐姐來了。"不多會兒，妮子推門進來，鴉頭笑着前去迎接。妮子罵道："丫頭不害羞，跟着人逃跑。老媽叫我綁你回去。"就拿出繩索拴鴉頭的脖子。鴉頭生了氣，説："我嫁一個人，有甚麼罪過！"妮子更加氣憤，拉拉扯扯，扯斷了鴉頭衣襟。家裡丫頭老媽子都趕過來了。妮子害怕，跑出門去了。鴉頭説："姐姐回去，母親必定自己前來。大禍臨門，趕快想法逃走！"於是，急忙收拾行李，準備搬家。老媽媽忽然乘人不防闖進來，滿臉的怒氣，説："我就知道丫頭無禮，必須親自前來。"鴉頭跪下迎接，哀告哭泣。老媽媽不再説話，揪着鴉頭的頭髮，抓走了。

鴉頭被抓走了，王文坐立不安，傷心難過，吃不下飯，睡不成覺。急忙趕往六河縣，盼着能拿錢把鴉頭贖出來。到了那裡，門户照舊，人物已經不是原來的了。問問住户，都不知鴉頭家搬到哪裡去了。王文心裡難過、喪氣，回到漢口，遣散了店裡的傭工，帶着錢向東回家去了。

幾年後，王文去燕京，路過育嬰堂，遇到一個小孩，有七八歲。僕人看那孩子很像主人模樣，覺得奇怪，不住眼地盯着看。王文問：“你這樣看那孩子，為甚麼？”僕人笑着回了話，王文也笑了。仔細看那孩子，大方俊秀，很是可愛，想想自己沒有兒子，這孩子又像自己，就拿錢贖了出來。問孩子姓名，他説叫王孜。王文説：“你在懷抱裡時，就給捨棄了，怎麼知道姓名？”回答説：“師父曾經説過，拾我的時候，胸前有字，寫着‘山東王文之子’。”王文驚奇極了，説：“我就是王文呵，哪會有兒子？”想必是和自己同名同姓的。心裡暗暗喜歡，十分疼愛這孩子。回到家裡，見到王孜的人不用問就知道是王文的親生兒子。

這王孜慢慢長大，很勇敢，有力氣，喜愛打獵，不

務生產，特別樂鬥好殺，王文也管束不住。他還說自己能看見鬼狐，人們都不相信。當時，村裡有被狐狸精纏迷的，請王玖去看看。王玖到了那裡，指着狐狸藏避的地方，叫幾個人隨着猛打，就聽得狐精嗚嗚直叫，毛掉血流，從這，那家就安生了。人們更覺王玖不是平常人了。

一天，王文到市集上去，忽然遇見趙東樓。趙東樓衣帽不整，臉色枯暗。王文問他從哪裡來。趙東樓傷心地讓他找個地方說話。王文就同他回到家來，擺上酒菜。趙說："老媽媽抓回鴉頭，痛打一頓。搬家北去，又要她接客。鴉頭發誓不找第二個，就被囚禁起來。生了個兒子，扔到偏僻小巷去，聽說在育嬰堂裡，想來已經長大。這是你的親骨肉呀！"王文一聽，傷心流淚，說："萬幸，小兒已經回到我身邊了！"就說了先後經過情形。又問趙東樓："你怎麼窮困到這種地步？"趙東樓歎息說："如今才明白和妓女相好，不能太認真呵！還說甚麼呢！"

原來，老媽媽北上搬家，趙東樓也跟着去做買賣。難以搬運的貨物，全都賤賣了。路上運費、生活費，開支無法計算，所以虧損很大。妮子索要也很過分。不幾年，萬兩銀子踢蹬光了。老媽媽見他手頭空了，天天白眼相看。妮子也慢慢在富貴人家過夜，常幾宿不回來。趙東樓氣憤得難以忍耐，可也沒有法子。正當老媽媽外出時，鴉頭從窗子裡呼喚趙東樓到近前來，說："妓院裡本來沒有情愛，所以親親熱熱，全是為錢罷了。你戀戀不捨，將會遭受大禍！"趙東樓害了怕，這才如夢初醒。臨走時，偷偷去看鴉頭。鴉頭給了封信讓他捎給王文。趙東樓就回到家鄉來了。

趙東樓將情況給王文講過，拿出鴉頭的信來。信上說："知道孜兒已經在你身邊了。我遭受的苦難，東樓先生自會詳細告訴。我前世造的孽，有甚麼可說的呢！我在幽室裡，不見天日，鞭子打裂皮膚，飢火燒煎身心，熬過一天，像是過上一年。你要是沒忘在漢口雪夜單被，互相抱着取暖那時情形，就和兒子商量個辦法，必然能解脱我的苦難。母親、姐姐雖然心狠，總是親骨肉，囑咐兒子不要傷害她們，這就是我的願望了。"王文讀着信，不覺淚流滿面。他贈送給趙東樓些錢物，趙東樓就去了。

　　這時，王孜十八歲了。王文給兒子講了前後經過，給他看了母親的信。王孜氣得眼眶都要瞪裂了，立時去了京城。打聽好吳老媽媽的住處，到了那裡，正是車馬盈門。王孜闖進去，妮子正和湖廣客人喝酒，望見王孜，大吃一驚，趕忙站起，嚇得臉色大變。王孜猛地衝進去，一刀殺死妮子。客人嚇壞了，以為來了強盜，可是看看妮子屍首，已經變成狐狸。王孜拿着刀，直接進到後院，看見老媽媽正在支使丫環做湯羹。王孜跑近了房門，老媽媽忽然不見了。王孜四面一看，急忙抽箭往屋樑射去，一頭狐狸被箭射透心臟，掉了下來，接着，王孜上前一步，砍下狐狸腦袋。王孜尋找到母親囚所，舉起石頭砸壞房門。母子相見，抱頭大哭。母親問道老娘和姐姐怎樣了，王孜説："已經殺了！"母親埋怨説："孩子，怎麼不聽我的話！"就命王孜去埋葬在郊外。王孜假意應承了，卻剝下狐狸皮收藏起來。又翻檢了老媽媽的箱子、櫃子，取了全部錢財，照應着母親回到家來。

　　王文夫妻兩口重又相會，又是傷悲又是歡喜。王文問起老媽媽和妮子，王孜說：“在我口袋裡。”父親驚問，王孜交出兩張狐皮。母親氣極了，罵道：“忤逆！怎能這麼幹！”號啕大哭起來，後悔得捶打自己，痛苦得不想活了。王文竭力安慰鴉頭，又呼叫兒子埋掉狐皮。王孜氣憤地說：“剛得個安樂地方，就忘掉挨打的滋味了嗎！”母親更加生氣，痛哭不止。直到王孜埋掉狐皮回來告訴，鴉頭才稍微寬心些。

王文自從鴉頭歸來，家業越來越興旺。心裡很感激趙東樓，報答了他大量的銀兩。趙東樓這才知道老媽媽家都是狐狸呢。

王孜侍奉老人十分孝順；可是不小心惹着他，他就惡聲吼叫。鴉頭對王文說：“兒子有拗筋，不割掉它，終究會惹出人命，弄得傾家蕩產。”夜間，等到王孜睡熟，悄悄捆起他的手腳。王孜醒來說：“我沒有罪過！”母親說：“要給你治療殘暴，你不要怕。”王孜大聲呼叫，掙扎着解不開繩索。鴉頭用大針刺他的踝骨，刺下三四分深，用力掘斷，崩然有聲；又在肘間、頭頂也做了。完事後，解開繩索，拍着讓他安睡了。到了天明，王孜跑去問候父母，哭泣着說：“孩兒半夜想想以前的行為，都不像是人幹的。”父母聽了，十分歡喜。從此以後，王孜溫和得像個大姑娘，鄉親都很誇獎他。

18. 狼三則

有個殺豬人賣肉回來，天色已晚。忽然有隻狼來了，瞅着擔着的肉，似乎很嘴饞。殺豬人走，狼也走，這樣跟着走了好幾里。殺豬人害怕了，拿出刀來嚇唬，狼就稍微退後幾步；殺豬人走，狼又跟上來。殺豬人沒法子，心想狼貪圖的是肉，不如暫時掛在樹上，等明天早晨再來取走吧。就用鐵鈎鈎起肉，翹起腳來，掛在樹杈上，然後向狼表明擔子裡空空的了。狼就停下來。殺豬人就直接回家了。第二天，天剛濛濛亮，殺豬人去取肉，遠遠看到樹上掛着個大東西，像是人吊死的樣子，真被嚇壞了。猶猶豫豫地走到近前一看，是隻死狼啊。抬頭察看，見到狼嘴裡含着那塊肉，肉鈎子鈎着狼的上顎，像魚吞了釣魚鈎子。這時候，狼皮價錢很貴，能值十多兩銀子。殺豬人賣了狼皮，經濟也寬裕了些。爬上樹去捉魚，是辦不到的事，可是肉掛在樹上，狼想吃肉卻遭了難，也真是可笑呢！

　　有個殺豬人晚上回家，擔子裡肉賣光了，只剩下骨頭。路上碰上兩隻狼遠遠跟蹤着。殺豬人害怕，扔下根骨頭，一隻狼取了骨頭停下來，另一隻狼仍然跟隨着，又扔下根骨頭，後來的狼停下來，可是先前那隻狼又跟上來了。這樣，骨頭扔光了，兩隻狼又像原先那樣一起在後面跟隨着。殺豬人十分為難，擔心受到兩隻狼前後攻擊。看到坡裡有個打麥場，場主在場裡堆着柴草，蓋着苫子像個小山頭。殺豬人跑過去倚在柴垛上，放下擔子拿起刀來。狼不敢到跟前來，只是瞪着眼睛盯着殺豬人。不多會兒，一隻狼直接走了，另一隻狼像狗般蹲坐在前面，待了好大一陣子，眼似乎閉起來，意態很是閑散。殺豬人猛然跳起，用刀狠劈狼頭，又砍了幾刀將狼砍死。正要走路，轉身看看柴垛後面，那另一隻狼正在挖洞，打算打個暗洞進去，從後面攻擊殺豬人。那狼身子已有一半鑽進洞裡，只露着屁股尾巴了。殺豬人從後面砍斷狼的腿，也殺死了這隻狼。這才明白，前面那隻狼裝睡，是迷惑殺豬人，狼也夠狡猾的了！可是剎那間兩隻狼都被殺死，獸類的騙術也沒多大本事，只是令人可笑罷了。

有個殺豬人晚間走路，被狼追逼。路邊上有個夜耕人留下的歇息的草房，殺豬人趕緊跑進去趴在裡邊。狼從牆苫上伸進爪子來，殺豬人急忙抓住狼爪子，不讓它退出去。可是沒有法子殺死那狼。身上只有個寸八長的小刀，就割下狼爪子的皮，用吹豬的法子吹氣。極力吹着，不多會兒，覺得狼不那麼狠勁掙扎了，才用腰帶捆住爪子。殺豬人鑽出房子一看，那狼渾身鼓漲得像牛一般，四肢直挺挺的，嘴張着合不起來。殺豬人就背着死狼回家了。不是殺豬人，能想出這麼個法子嗎！

三件事都是出在殺豬人身上，殺豬人的本事，也能用來殺狼呢！

19. 司文郎

平陽府有個王平子，到順天府應試，在報國寺賃房住下。寺裡有個餘杭生先在，王生因為是鄰居，前去拜望了。餘杭生卻不回訪，早晚遇見，也很不禮貌。王生氣憤那人狂妄傲慢，就斷絕了交往。一天，有個少年來寺裡遊逛，穿着白衣白帽，看去身裁魁梧。王生走近和他交談，話語詼諧精妙，心裡很是敬愛。問他是哪裡人，說是："登州姓宋。"王生就讓僕人安下坐位，兩人對面坐着談笑。餘杭生正走過來，兩人起來讓坐。餘杭生居然坐在上座，很不謙遜，直截了當問宋生：“你也是來應考的嗎？”宋生回答説：“不是。才分平庸，早就無志上進了。”又問：“哪省人？”宋生又告訴了。餘杭生説：“居然不想應考，足見有自知之明。山東、山西沒有通曉文章的人。”宋生説：“北方人固然少有通曉文章的，但不通的未必是我。南方人固然通曉文章的多，可是通的也未必是你。”説完，拍起巴掌，王生附合着，因而哄堂大笑。餘杭生又慚愧又氣惱，揚起眉毛，捋起袖子，大聲説：“敢立刻出題比較比較文章嗎？”宋生連正眼也不瞧，微笑説：“有甚麼不敢的！”就到房裡拿出經書交給王生。王生隨手一翻，指着書説：“闕黨童子將命。”餘杭生站起，要取筆紙。宋生拉住説：“嘴説就行了。我的破題已有了：‘於賓客往來之地，而見一無所知之人焉。’”王生笑得肚子痛。餘杭生生氣説：“不能作文章，只是罵人，算甚麼人呵！”王生極力勸解，請另出題目。又翻書一看，是：“殷有三仁焉。”宋生立即應聲説：“三子者不同道，其趨一也。夫一者何也？曰：仁也。君子亦仁而已矣，何必同？”餘杭生聽了就不作文了，起身説：“這人還有點小才分罷了！”就走了。

　　王生因為這件事，更加敬重宋生。邀請進房，暢談多時，拿出自己作的全部文章請教宋生。宋生瀏覽極快，一會就看完百篇，説：“你對文章還是深有研究的。可是在下筆時雖然沒有必中的念頭，還存在僥倖的心理，就這已經落入下等了。”就拿起看過的文章一一詳細解説。王生聽了很是高興，當老師來待承宋生。王生讓廚師做了蔗糖水餃。宋生吃着很香甜，説：“平生沒有嚐到這麼好的味道，煩請以後再做一次。”從此兩人相處得很痛快。

宋生三五天就來一次，王生一定請他吃水餃。餘杭生有時也遇見，雖然不大交談，可是那傲氣卻大大減少了。一天，餘杭生拿了篇自己作的文章給宋生看。宋生看到他的朋友們在上面圈點讚賞的很稠密，看了一遍，推置在案頭，不發一言。餘杭生疑心他沒看，又請他看。回答說看完了。餘杭生又疑心他沒看懂。宋生說："這有甚麼難懂的？只是不好罷了！"餘杭生說："只看了一下評讚，怎麼知道不好呢？"宋生就背誦那篇文章，像是讀熟了似的，一邊背誦，一邊批評。餘杭生坐立不安，渾身淌汗，沒有說甚麼，就走了。過了一會兒，宋生走了。餘杭生又來，堅持請求看看王生的文章，王生拒絕。餘杭生硬是搜取出來，看見上面很多圈點，笑着說："這很像是水餃呢！"王生原本樸實口拙，紅紅臉算了。第二天，宋生來了，王生詳細告訴了昨天的情況。宋生生氣說："我以為'南人不復反矣'。這個傢伙怎麼敢這樣。必當報復他一下！"王生竭力用做人不可輕薄的道理勸說，宋生很是感動，深為佩服。

　　考試結束後，王生將作的文章給宋生看，宋生很是稱讚。兩人偶而到各殿遊覽，看到一個瞎眼和尚坐在廊下，看病賣藥。宋生驚奇地說："這是個奇人！他最懂文章了，不能不請教一下。"就讓王生回房間取文章。王生路上遇見餘杭生，兩人就一起來了。王生對和尚稱師參拜。和尚以為是看病的，就問甚麼症候。王生說了有文章求教的意思。和尚笑了，說："是誰多嘴啊，我沒眼睛怎麼評論文章！"王生提出唸給他聽。和尚說："三篇文章兩千多字，哪裡有閒空聽這麼長！不如燒了，我用鼻子看看吧！"王生聽從了。燒掉文章，和尚聞了聞，點點頭說："你模仿名家文章，雖然還不到家，已經近似了。

我剛才用脾接受了。"問："這文章能中試不能?"説：
"也中得!"餘杭生不很相信，先拿古文名家的文章燒掉
試試他。和尚聞後説："這文章太妙了!要不是歸有光、
胡友信那樣的大家，誰能寫到這麼高的水平!"餘杭生很
是吃驚，這才燒掉自己的文章。和尚説："剛才領受一篇
文章，沒有欣賞完全篇，怎麼忽然又換了一個人的來
呢?"餘杭生假託説："那是朋友的作品，只那麼一首;
這篇是我作的。"和尚聞了聞餘灰，嗆得咳嗽幾聲，説：
"別再燒了。格格棱棱咽不下去，硬在膈裡接受下，再燒
就要嘔吐出來了。"餘杭生滿面羞慚，退了下去。

過了幾天放榜，餘杭生竟然中了舉人，王生卻落榜了。宋生和王生一道去告訴了和尚。和尚歎氣說："我雖眼瞎，但鼻子不瞎；考官連鼻子也瞎了！"一會兒，餘杭生來到，得意洋洋，說："瞎和尚，你也吃了人家水餃了嗎！如今怎麼樣呢！"和尚笑了，說："我評論的是文章，沒有打算和你討論命運。你試去找來考官的文章，每人取他一篇燒掉，我便知道誰是你的門師。"餘杭生和王生一起尋找，只找到七八個考官的文章。餘杭生說："要是錯了，怎麼罰你？"和尚說："剜我的瞎眼去！"餘杭生就燒文章。燒一篇不是，燒二篇不是，燒到了第六篇，和尚忽然對着牆大聲嘔吐起來，嘭嘭放屁響雷一般。大家哈哈大笑。和尚擦擦眼睛，對餘杭生說："這真是你的老師呵！開頭不知道就猛地聞了一下，刺了鼻子，扎了肚子，膀胱也不收留，直從下面放出去了。"餘杭生氣極了，隨走隨發恨說："明天見分曉，你別後悔，別後悔！"過了兩三天，餘杭生竟然沒到，原來已經搬走了。這才知道，餘杭生就是那個考官的門生呢！

宋生安慰王生說："我們這樣的讀書人，不應怨恨別人，只應嚴格自己。不怨恨別人，品德就更加廣大；能嚴格自己，學問就越有長進。眼下不得志，自然是命運不佳。可平心而論，文章也不見得很高超，從此更加鑽研，天下自然會有不瞎的人呵！"王生聽到這番議論，肅然起敬。又聽到明年還要舉行鄉試，就不回家鄉，住在寺裡，好向宋生領教。宋生說："都城裡柴米很貴，你不用擔心錢財不夠花費。房子後面有窖藏的銀子，可以挖出來使用。"就指給他藏銀的地方。王生推辭說："以前寶儀和范仲淹雖然貧窮，遇到外財卻不取用，如今我幸而還能自己維持，敢貪財沾污自己嗎！"

一天，王生喝醉酒睡着了，他的僕人和廚師偷偷去將銀窖挖開。王生剛剛睡醒，聽到房後有聲，出來一看，見到地上堆滿銀子。事情被發覺，情節又很明顯，僕人和廚師嚇得趴在地上請罪。王生在訓斥他們的時候，發現有銅爵杯，像是刻有款識，拿起來仔細看看，上面卻是他爺爺的名字。原來王生的爺爺曾做過南京的部郎，進京住在這裡，得了急病死去，這些銀子就是他遺留下的。王生這才高興了，稱過後共有銀子八百多兩。第二天，告訴了宋生，並給他看了爵杯，想和他平分銀子，宋生再三推辭，才算了。王生拿着一百兩銀子去送給瞎和尚，和尚已經走了。接連幾個月，王生更加刻苦地勤奮讀書。到了考期，宋生說：“這次你要是再不中考，才真是命運了！”

　　接着，王生卻因為犯規，被取消了考試資格。王生還沒說甚麼，宋生卻大哭起來，不能自止。王生反而對宋生安慰勸解。宋生說：“我得罪了老天爺，一輩子也沒能考上去，如今又連累到好朋友你！真是命呵，真是命呵！”王生說：“萬事當然都命中注定了，可你是不想考試，不是命的原故！”宋生擦掉眼淚說：“早就想說，怕你驚怪。我不是活人，是到處飄泊的遊魂！從小就有才子之名，可在考場終不得志。任性放蕩，來到京城，盼望尋個知己傳播我的文章。甲申那年，死在事變之中，年年到處流離飄零。承蒙你當個朋友，所以極力勉勵你進取，平生沒能實現的願望，想借着你中了舉能痛快高興一下。如今文章的命運竟然這麼不幸，哪還能心裡不難過呢！”王生也感動得流下淚水，就問：“你怎麼老是滯留在這裡！”宋生說：“去年上帝下命令，委派宣聖和閻王查核遭難的鬼魂，優秀人才留在各官府做事，劣等的就投胎轉生。我的名字已經記錄在案，沒有去報到，只是想看到你能中了舉，好高興一番啊！如今要告別了。”王生問：“你考的甚麼差使！”說：“梓潼府裡缺個司文郎，臨時叫個耳聾童子代理，文運全給弄顛倒了。萬一我得了這個差使，一定要昌明文教。”

第二天，宋生高高興興地來了，說：“願望實現了！宣聖叫我作篇《性道論》，看過很喜歡，說可以當司文郎。閻王查過簿子，想拿有言論失誤的罪名來反對。宣聖力爭，我才當得上。我拜謝以後，宣聖又叫我到桌子近前，囑咐說：‘如今是為憐惜你的才氣，選拔你擔任這樣高尚重要的官職。應當改過自新，做好工作，別再犯以前的毛病。’從這可以知道，陰世間看重品德更重於看重文章呵！你必定是德行還不夠，今後只要多做好事別鬆懈就行了。”王生說：“要真是這樣，那麼餘杭生的德行在哪裡！”回答說：“這可不知道。反正陰世官府賞罰都一點不差的。就拿日前那個瞎和尚說吧，他也是個鬼，是前個朝代的名家，因為生前拋棄字紙太多了，才罰成瞎子。他自己要給病人解除痛苦，來贖先前的罪過，所以假託賣藥，遊歷在集上。”王生叫人辦酒宴。宋生說：“不用了。整年麻煩你，如今就這一次了，再給我做頓水餃就夠了！”王生傷心難過，吃不下去，坐在一邊，讓宋生自己吃餃子。一會兒，就吃光了三碗，宋生捧着肚子說：“這一頓能飽三天，我用這來記住你的好處呢！從前吃的餃子都在房子後面，已經變化成蘑菇。收藏起來當藥吃，可以增添小兒的聰明。”王生問道以後見面的日期，宋生說：“既然有了官職，就該躲避嫌疑了！”又問：“到梓潼祠裡去奠酒禱告，你能夠知道嗎！”回答說：“這都沒好處！九天很遠，只要你潔身自好，自然會有陰間地方官員寫呈文報告，我一定也會知道的。”説完，告別，轉眼不見了。

王生到房後查看，果然長了許多紫色蘑菇，就全摘下，收藏起來。旁邊有個新土堆，挖開看看，像是吃過的水餃還在那裡。王生回到家裡，更加刻苦學習，嚴格自己。一天夜裡，王生夢見宋生坐着官轎來到，説：“你以前因為生點小氣，誤殺了個丫環，給取消了舉人資格。如今誠意修德，已抵消了罪過。可是你的命薄，不能夠做官呵！”這年，王生在鄉試考中，過了一年又在春試考中，聽了宋生的話，就不去做官了。生了兩個兒子，有一個很愚笨，給他吃了紫蘑菇，就變得很聰明了。

後來，王生有事去了金陵，在旅店裡遇到餘杭生，餘杭生極力述説多年沒見很是想念的心情，表現很謙遜，可是兩鬢已經斑白了。

20. 席方平

席方平，東安縣人。他父親名字叫廉，性情憨厚剛直，和村裡的富戶羊某結下怨仇。羊某先死去了。過了幾年，席廉得病，快要死時，對人説：“羊某如今賄賂了陰間的官吏拷打我！”一會兒，便全身紅腫，號叫了一陣，就死了。席方平痛心難過，飯也不吃，説：“我父親為人老實，不會説不會道，如今受到惡鬼欺侮，我要去陰間代父伸冤呵！”從這，話也不再説，時而坐着，時而站着，樣子像傻子，原來，他的靈魂已經離身而去了。

席方平恍惚覺得剛出大門，不知道該往哪裡走，只見路上有走道的人，便打聽去城裡的路。走了不多會兒，便進了城。他父親已經關進監獄了。到了監獄門口，遠遠看見父親躺臥在房簷底下，樣子很是狼狽。父親抬頭看見兒子，淚水嘩地流下來，便說："獄官全都受了賄賂囑託，日夜拷打，兩腿傷得太厲害了！"席方平十分氣惱，大罵獄官："我父親要是有罪，自有王法處置。難道任憑你們這些死鬼為非作歹嗎！"於是，出了監獄，拿出筆來，寫好了狀子。正當城隍早上坐堂問案，席方平呼叫冤枉，將狀子呈遞上去。

聽說席方平告狀，羊某害了怕，拿出大把銀子，將縣衙門的裡裡外外的官吏差人，全都賄賂遍了，這才對質聽審。城隍說"事出有因，查無實據"，很不以為席家有理。席方平滿腹怨恨，無處申訴，在陰間走了一百多里，到了郡城。他把縣衙官吏差役接受賄賂、徇私舞弊的情況，稟告給郡司。拖了半個月，才得到審理。哪知道，郡司打了席方平一頓板子，仍舊批回城隍覆審。

席方平又回到縣衙門，受盡了各種刑罰，慘冤難以自舒。城隍擔心席方平再去告狀，派上差人押送回家。差人到了席家大門口就返回去了。席方平不肯進門，偷偷地跑到閻王殿控告郡司、城隍貪贓枉法、殘害良民。閻王立刻傳令拘拿有關人犯前來對質。

郡司和城隍聽說席方平在閻王那裡告了狀，趕忙秘密派了心腹人前來說合，許給席方平一千兩銀子，只要不再告狀，事情就算了結。席方平氣得要命，根本不理他這一套。

過了幾天，客店主人告訴席方平說："你意氣用事，太過分了。官府前來請求和解，你卻執意不肯依從。如今聽説郡司、城隍都給閻王送上信件去了，恐怕你的事要糟糕！"席方平以為那是道聽途説，還不很相信。

　　不久，有黑衣差人來傳喚席方平。上了大堂，席方平看到閻王滿臉怒氣。不容分説，閻王就下令打二十大板。席方平厲聲問："我有甚麼罪？"閻王卻把頭一扭，裝沒聽見。席方平挨着板子，喊叫着："該打，該打！誰叫我沒有錢呢！"閻王越發生氣，命令燒火床。兩個小鬼上來，將席方平揪出殿去，只見殿東平台上有張鐵床，下面火着得呼呼的，床面燒得通紅。小鬼脱去席方平的衣裳，將他硬按在鐵床上，反覆揉搓。席方平痛極了，皮肉全給烙焦，卻苦於不能死去。約莫有一個時辰，小鬼説："行了。"就把他扶起來，催他下床，穿上衣裳。

席方平一瘸一顛地，又回到大殿上去。閻王問："還敢再告狀嗎？"席方平説："大冤沒伸，寸心不死！要説不再告狀，那是欺騙大王。這狀是非告不可！"閻王又問："告甚麼？"席方平説："親身受到的，全都説出來！"閻王氣壞了，命令用鋸把他給鋸了，兩個小鬼又拉下席方平去。只見有根八九尺長的木柱子立在地上，旁邊擺着兩塊木板，上面凝結着斑斑血痕。小鬼剛要綁他，忽聽殿上大聲呼喚席方平。兩個小鬼就又將席方平押回去。閻王又問："還敢不敢告狀？"席方平回答説："一定要告！"閻王下令："捉下去，快鋸！"下得殿來，小鬼就用兩塊木板夾起席方平，綁在柱子上，剛一下鋸，席方平覺得頭蓋骨漸漸裂開來，痛得鑽心，可也咬牙忍着，一聲不號。聽得小鬼説："真是個硬漢子呵！"鋸聲隆隆響着，一會兒鋸到胸口了。聽到一個小鬼説："這是個大孝子，沒有罪過。鋸稍偏點吧，別傷了他的心。"席方平就覺得鋸鋒彎曲着鋸下去，痛得加倍厲害。一會兒，半個身子鋸開了，木板一解開，兩片身子都跌在地上。小鬼上殿，大聲回報了。殿上傳呼，命令合起身子來見。兩個小鬼就推着兩片身子又復合起來，拉着他走。席方平覺得中間一條鋸縫痛得要再裂開，剛走半步，疼得摔倒了。一個小鬼從腰裡掏出一條絲帶，遞給席方平，說："送你這條帶子束腰，報答你的孝行！"接過帶子，束在腰裡，一點也不疼了，反覺全身更加健壯。又上殿

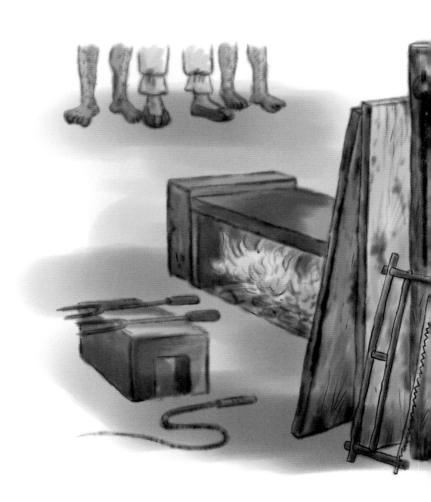

跪下。閻王又像先前問的那樣。席方平恐怕再受酷刑，就回答説：“不告了！”閻王立即命令將他送還陽界。鬼差領他出了北門，指給他回家的道路，回身就走了。席方平心想，陰間的黑暗，比陽間還屬害，怎奈沒有法子告到天帝那裡去。人間傳説灌口二郎是天帝有功的親戚，是個聰明正直的神，將冤屈向他申訴，該當靈驗罷。暗自高興好在那兩個鬼差已經回去了，於是轉身向南跑去。

正在跑的時候，那兩個鬼差追上來了，説：“閻王疑心你不回家，果然是這樣！”揪着席方平回去，又見了閻王。席方平心想，這一抓回來，閻王會更生氣，禍害必定更慘。可是，閻王一點也沒有嚴屬的顏色，卻對席方平説：“你的心意實是孝心，不過你父親的冤屈，我已經給他昭雪了。如今已轉生富貴人家，哪還用你給他鳴冤叫屈啊！現在送你回去，賞給你萬貫家財、百年陽壽，你該滿足了吧！”就注在生死簿上，蓋上大印，讓席方平親自看了。席方平表示感謝，走下殿去。

兩個小鬼和席方平一道出城，到了路上，趕着讓他快走，還罵道：“奸滑傢伙！一次次地翻覆，叫別人也跟着跑路，累得要死！再要搗亂，非把你捉進大磨裡研成粉末不可。”席方平瞪起眼來斥責説：“小鬼，你想幹甚麼？我的脾氣耐得住刀鋸，就是不耐煩捶打！咱們回去見閻王，閻王要是讓我自己回去，也不用麻煩你們送行了！”説完，扭身就往回跑。兩個小鬼害了怕，説了些客氣話，才勸住席方平。席方平故意慢騰騰走路，走上幾步，就在路旁歇息，兩個小鬼只有乾生氣，不敢再說甚麼。

走了半天路，來到一個村子，有一家半開着門，小鬼領着席方平一塊坐下，席方平就坐在門檻上。兩個小鬼乘席方平不防備，使勁一推，將他推到門裡。席方平吃了一驚，定心一看，自己已經成了個嬰兒了，氣憤得不吃奶，只是一勁地哭叫。這樣，三天就死了。

席方平的靈魂動蕩不安，沒忘去灌口，約莫跑了十里地，忽然看見有五彩羽毛裝飾的車子走來，旗幡木戟遮住道路。席方平想跑過去躲避，卻闖了儀仗隊，被開路的前馬抓住，捆起來送到車前。席方平抬起頭來，看見車裡有個少年，儀表雄偉，風采不凡。少年問席方平是甚麼人。席方平滿腹冤屈正無處申訴，猜想來人必定是個大官，或許能使用權力為自己作主，就詳細述說了遭受的苦難。車裡人命令給他解了綁，讓他隨車走路。

一會兒，來到一個地方，官府十多名官員，在道旁迎拜，車中人問過了每個官員。接着，指着席方平，對一個官員說：“這是個下界人，正想去找你訴說冤屈，應該馬上給他裁決！”席方平問了下隨從人員，才知道車上人就是天帝的九王子，他囑咐的就是二郎神呢。看看二郎神，細高個子，滿臉鬍鬚，不像世間傳說的模樣。

九王子去後，席方平跟着二郎神到了個衙門，只見他父親和羊某，還有衙役們都在那裡。不多會兒，來了囚車，裡面出來幾個犯人，卻是閻王和郡司、城隍哩！當堂對質審問，席方平控告的全是事實。三個贓官嚇得打顫顫，樣子像趴着的老鼠。二郎神提起筆來，立刻判決。一會兒，傳下判詞來，讓案中人都看看。

判詞說：“查得閻王，職任王爵，身受帝恩。本應廉潔，來做僚官表率；不該貪污，招致人民責罵。竟然講究排場，誇耀品級尊貴；狠毒貪婪，沾污臣子節操。斧敲鑿，鑿入木一般，婦女兒童們的脂膏全給刮光；鯨吞魚，魚吃蝦那樣，螻蛄螞蟻般小命實在可憐。該當引來西江的水，給你洗腸；立即燒紅東牆的床，讓你挨烙。城隍、郡司，是百姓的父母官，替天帝管理人民。雖然職位低微，但應盡心，不辭辛勞；即使是上官逼迫，有志的也該剛直。而你卻是狠毒得像兇鷹，上下勾結，不思念百姓疾苦；且又狡猾得像獼猴，胡作非為，不嫌棄瘦鬼無油，只知貪贓枉法，真是人面獸心。應該剔除骨髓，脫去皮毛，暫處陰間死刑；當應剝去人皮，換上獸皮，仍讓投胎託生。差人，既是鬼族，便非人類。只應衙門行善，也還可託生成人；怎能苦海作浪，更造天大罪孽；飛揚跋扈，狗臉變幻，造成冤案六月雪；橫行霸道，虎威兇狠，遮斷訴屈十字路。在陰間濫施淫威，都知道獄官權勢最大；幫昏官殘害百姓，都懼怕劊子手手段毒辣。該當在法場裡，剁掉他的手腳，再扔到油鍋裡，撈出他的骨頭。羊某，富而不仁，狡猾詐騙。金銀光芒蓋地，使得閻王殿上佈滿陰雲；銅錢臭氣熏天，直教枉死城裡不見天日。銅錢餘腥驅使鬼卒，金銀大力買通神祇。該當沒收羊某的家產，來賞賜席生的孝道。立即押送東岳大帝執行。"二郎神又對席廉說："念你兒子是個孝子，你又性情善良軟弱，可以再賜給你三十六年的陽壽。"就派兩個差人，送他們返回家鄉。

席方平抄錄了判詞，路上，父子兩人一塊讀着，既高興冤案得到平反，又感念二郎神的聖明。到了家裡，席方平先甦醒過來，讓家裡人打開棺材，看看他父親，屍首還僵硬冰涼，等了一天，席廉才慢慢溫和，活了過來。父子二人再找那判詞，已經沒有了。

從此，席家日子越過越富裕，三年間，良田遍野；羊家的子孫卻衰敗下來，樓房田地，都歸了席家。村裡人有買羊家田地的，夜裡夢見神人斥責説："這是席家的東西，你怎麼能得來呢！"開初人們還不很信，買去耕作，整年顆粒不收，於是，又賣給席家。席方平的父親一直活到九十多歲，才無病去世。

21. 黃英

馬子才，順天府人。他家從老輩起就喜好菊花，到了子才更是愛到極點。他聽説有好品種，必定想方設法買得來，即使是相距千里，也不怕路途遙遠。

一天，有個南京客人住在子才家，説他的表親有一兩個菊花品種，是北方地區沒有的。馬子才一聽，喜歡得動了心，立刻收拾行李，隨着客人到了南京。那客人千方百計給他尋找探求，總算得到兩支芽子。馬子才高興得沒法説，像得了寶貝般裹藏起來，帶着回家。

走到半路上，馬子才遇見一位少年。這少年騎着匹驢子，跟從着一輛華麗轎車，面貌清秀，舉動飄灑。兩個人慢慢走在一起，攀談起來。那少年自稱姓陶，言談話語很是文雅。問起馬子才從何處來，馬子才將情況如實告訴了他。少年説："論起來，菊花種子都沒有不好種的，全在於人們怎樣培植澆灌罷了！"於是，談論起培植菊花的園藝來。馬子才聽後，非常高興，看來是遇見種菊的行家了，就問："你們打算去哪裡呢？"少年回答説：“我姐姐在南京住得厭煩了，打算搬到河北地方去。”馬子才歡喜地説：“我家雖然不富裕，但還有幾間草房可以寄住，如果不嫌簡陋的話，就請到我家裡，不用再費事要到別的地方去了。”陶生就加快幾步趕到轎車前面，與他的姐姐商量這事。車中的人推開車簾説話，竟是個二十來歲的絕代美人。那女子對弟弟説：“房子不必計較好壞，但院子一定要寬綽。”馬子才連忙代替弟弟答應下來，説是有個大院子。於是，姐弟倆一塊兒來到馬家。

馬家宅子南邊，有個荒蕪了的園子，園裡只有三間小屋。陶生一見，很是中意，就居住下來。每天到北院來，給馬子才治理菊花。就是枯乾了枝子的菊花，陶生連根拔出來重新插上，也沒有活不了的。

陶生家裡很清貧，每天和馬子才一塊吃飯飲酒，看起來陶生家似乎是不動煙火。馬子才的妻子呂氏也很喜愛陶生的姐姐，時不時派人送些柴米給他們。陶生的姐姐名叫黃英，擅長言談辭令，常常過來和呂氏作伴，説説家常話，做做針線活。

有一天，陶生吃過飯後，對馬生説：“你家裡本來也不富裕，我天天吃你的、喝你的，讓你這好朋友受牽累，哪能是長久的法子呢！如今打算，賣賣菊花，也足夠生活的了。”馬生脾性耿直，聽陶生這麼説，很是瞧不起，就説：“我原以為你是個風流雅士，理應安於貧困；如今竟説出這般話來，那就是把東籬變為市場，辱沒菊花了！”陶生微笑一下，説：“自食其力，不算是貪財；做花草生意，不能説是俗氣。人固然不可用不正當手段追求財富，可是也不必專門去尋求貧困呀！”馬生聽了這話，心裡覺得不對勁，就閉口不説了。陶生悶了一會兒，也就起身走了。

自打這起，馬家丟棄了的殘敗枝子、劣等品種，陶生都收拾過去。從此，陶生也不再到馬家住宿吃飯了，只有馬家去請他，他才過來一次。

　　過了不多日子，菊花即將開花了，馬生就聽得陶家門口熙熙攘攘，熱鬧非常，像趕市集一般。馬生很覺奇怪，就走過去瞧一瞧，只見來買花的人，用擔挑的，用車運的，絡繹不絕，連道路都擠得走不開。看那菊花，都是奇特品種，從來沒有見過。馬子才心裡很厭煩陶生賣花貪財，想和他斷絕往來，可又怨恨他收藏着奇特品種，不告訴自己，就敲大門，要進去責備質問。正巧，陶生走出門來，一見馬生，趕忙握住馬生的手，不容分說，拉着就進了園子。

　　馬生一看，原來荒蕪的園子有半畝地已成了菊花畦子，那幾間草房前面沒有一點空閒地方。凡是刨去菊花賣掉的地方，又折下別的枝子補插上；畦裡長出花蕾來的，全都是奇特品種，仔細辨認一下，就看得出來，這都是以前自己嫌品種不好，拔出扔掉的。

　　陶生進了屋子，搬出酒菜來，在菊畦旁邊，擺下酒席。陶生説：“我因為家裡窮，不能守清規。這幾天幸好賣得了點錢，滿夠喝幾壺酒的。”於是，兩人對飲起來。待了一會兒，房裡呼喚“三郎”。陶生答應着，起身進了房子。一會兒，搬出幾盤酒菜。馬生細細品嚐，覺得這酒餚燒得好，色、香、味真是美極了。説起話來，馬生就問：“你家姐姐怎麼也不出嫁呢？”陶生回答説：“還不到時候！”馬生又問：“要到甚麼時候呢？”陶生説：“四十三個月！”馬生莫名其妙，追問：“這是甚麼意思？”陶生只是微微笑着，不回答問題。馬生不便再問，只好飲酒吃菜。直吃得酒足飯飽，兩人才盡歡而散。

過了一宿，馬生又過門來訪。只見新插枝的菊花已經長得一尺多高了。感到特別奇怪，就向陶生請教，要求傳授技術。陶生說：「這可不是靠著敍說就能傳授的。再說，你又不需要靠這個過日子，何必學這種技術呢！」馬生只好默默無言。

又過了幾天，門前已經很少有人來買花了，陶生就用蒲包子包起菊花。捆紮妥當，裝載了幾大車，出門去了。轉過年去，到了中春季節，陶生才運載着南方的奇

花異草回得家來。在城裡開設間花房，僅僅十天工夫，花就全部賣光了，又回到家裡培育侍弄菊花。去年買陶生菊花的人，凡是留着根的，第二年都變成了劣等品種，只好仍然再買。從這，陶生越來越富：第一年增蓋了房舍，第二年蓋起了高屋大廈。願意修建甚麼就修建甚麼，也不和主人打個招呼、有個商量。慢慢地，原來的花畦地，都成了房舍廊檐。又在牆外買下一大片土地，四周築起土牆，全部種上菊花，到了秋天，又用車運載着菊花出去了。這一走，直到來年春季過後還沒回來。

這期間，馬生的妻子得了病，請醫吃藥，沒有治好，去世了。馬生非常愛慕陶生的姐姐黃英，想娶她，就託上人悄悄透了個口風。黃英只是微微笑着，意思是應許下來，只是等待着陶生歸來罷了。

待了一年多，陶生竟然一直沒有回來。黃英在家裡指使僕人種菊花，和陶生在家時一樣。賣花得的錢就和商人合伙做買賣，還在村外置買了肥沃田地二十頃，房舍也改建得更壯觀了。

這天，忽然有個客商從廣東來，捎來了陶生的信。馬生很是高興，趕忙拆信閱讀，信上是囑咐姐姐嫁給馬生，察看一下發信的日期，就是馬妻死去的日子，又回想到那次在菊園喝酒的時間，正好是過了四十三個月，心裡感到十分奇怪！馬生派人將信送給黃英，並且請問在哪裡送聘禮。黃英回覆是，不接受彩禮，只是嫌馬生住處太簡陋，想請馬生到黃英的家裡來居住，如同招贅女婿一樣。馬生沒有答應，便選定了黃道吉日，舉行了迎親禮。

黃英嫁給馬生後，就在牆壁上開了個門通向南院，每天過來督促僕人操作幹活。馬生覺得依靠妻子過富裕日子很不光彩，常常囑咐黃英把南院、北院的賬目分開計算，防止混在一起。但是，家裡凡是需要甚麼物件，黃英常是從南院裡取來使用。不到半年時光，馬生家裡用的、看的，全都是陶家的物件。馬生心裡不痛快，立刻派人把東西一件一件全都送還到南院，並且告誡僕人，不准再從南院拿東西過來。可是，還不到個把月，南院的東西，又是到處皆是。馬生又立刻派人送回。就

這樣，送還了，過上一陣子又全成了南院的東西，往返幾次，馬生感到實在是煩死人了。黃英笑着說：“你這廉潔的人，界限劃的這麼清楚，可真是太勞心了！”馬生覺得羞愧，也就不再察問，一切聽憑黃英安排處理。

從這，黃英請了工匠，備好磚瓦木石，大興土木，馬生也制止不住。只幾個月，樓台亭閣連成一片，南院、北院合為一體，分不出是兩家來了。黃英聽從馬生的主意，關閉大門不再培育、出賣菊花，可是，一家的生活享受卻很講究，超過了貴族人家。馬生心裡不安，說：“我三十年不貪富貴的清德，讓你給牽累敗壞了。如今，生活在人間，靠老婆養活，真是沒點男子漢大丈夫的氣概了。人家都禱念着發財致富，我卻是禱念着快些貧窮了吧！”黃英說：“我不是個貪財好利的俗人，可是不過得富裕些，就會使千年後的人們，說喜愛菊花的陶淵明是個窮骨頭，一百年也發不了家。所以才給俺家陶公爭口氣。然而，由窮變富，那是很難；富家要想變窮，就很容易。床頭有的是銀子，任憑你去胡亂花光，我決不吝惜心疼！”馬生說：“胡亂花別人的錢，也是夠醜的了！”黃英說：“你不願意過富裕日子，我也不能過窮苦生活。實在沒辦法，我們分開過，那就清白的自己清白，渾濁的自己渾濁，那有甚麼不好呢！”這樣，就在園裡蓋了間茅草房子，選挑了個漂亮伶俐丫環伺候馬生。馬生住進去，覺得心情安然。可是，過了幾天，馬生苦苦思念黃英，派丫頭去請，黃英卻不肯到草房裡來；不得已，馬生只好去黃英的房裡過夜。三天兩頭這麼樣，成了習慣。黃英笑着說：“東家飯好，在東家吃飯，西家房好，在西家住宿，講究清白廉潔的人，應該不是這個樣子吧！”馬生也自個兒笑話自己，無話回答，就同原來一樣又合在一起過日子了。

　　這次，馬生有事情又去了南京，趕巧正是菊花開放的秋季。清晨，路過花市，看見花市上許多盆花，式樣花朵非常奇特，左看右瞧，這多麼像是陶生培育的菊花呀！看着花，越看越迷，不想離去。一會兒，店主人走出來，馬生一看，果然是陶生。馬生高興極了，説是分別這麼多日子，實在非常想念，總是盼着你回去，怎麼總是不回去。談起話來説不完，就住宿在店裡了。馬生再三要求陶生和自己一道回家去。陶生説："南京是我的故鄉，我打算在這裡結了婚，長期住下去呢。這兩年，積蓄下點錢財，請捎回去送給我姐姐。我到年跟底下去你家裡暫住一陣。"馬生不聽他這一套，苦苦要求陶生一起回家，還説："我們家裡幸而富裕起來，只要靜坐享福就行，不用再受苦受累地做生意了。"陶生還是不答應。勸説不行，馬生就動了硬手段。自己坐在店裡，讓僕人代替陶生講價錢，減價出售店裡菊花。不幾天，菊花全賣光了。馬生逼迫着陶生打點好行李，催上一條船，一塊北上了。

　　兩人進了家門，黃英已經打掃好陶生住的房間，安置好床榻被褥，像是預先知道弟弟回來的消息。

　　陶生自從歸來，進了門放下行李，就督促僕役，大修亭園。每天只是和馬生下棋飲酒，也不結交一個客人。馬生要給他説親，陶生就謝辭，説自己不願意成婚。黃英派兩個丫頭伺候陶生，過了三四年，才生了個小女孩兒。

　　陶生喝酒是個海量，從來沒見到他喝得沉醉。馬生有個朋友曾生，酒量很大，沒遇見過對手。這天，曾生來拜望馬生。馬生讓他和陶生比較酒量。兩人放開量喝酒，越喝越高興，很是投脾氣，只恨認識太晚了。自清晨直喝到深夜，計算着每人都喝乾了一百壺酒了。曾生醉得如同一灘泥，在座位上睡熟了。陶生站起身來，要回房睡覺，出得房門，搖搖提提，一腳踏着了菊畦，噗通一聲，栽倒在地，衣服散落在一邊，身子就地變成菊花，人一般高，開着十幾朵花，每朵花都比拳頭大。馬生一見，嚇破了膽，慌忙跑去告訴黃英。黃英急忙趕來，伸手把那棵菊花連根拔出來，輕輕放在地上，説："怎麼醉成這個樣子！"用衣服覆蓋住菊花，邀馬生離開，告誡馬生不要去看。

到了天明，黃英和馬生一道到花圃，只見陶生躺在畦子邊上，還在沉睡呢。馬生這才醒悟到，陶生姐弟都是菊花精呵！於是，對陶氏姐弟更加愛慕敬重。

陶生自從暴露了原形，更加沒有顧忌，放開肚量飲酒，常常自寫請帖邀請曾生，兩人成了推心置腹、無話不説的好朋友。

二月十五是花節，曾生前來拜訪，帶着兩個僕人抬來一罈子藥泡的白酒。約定，兩人要把這罈子酒清出來。兩人盡情喝起來，不多會兒，一罈酒將要喝光了，還都沒覺得有多少醉意。馬生就偷偷地又將一大瓶白酒續進罈子裡。兩個人又喝光了。曾生醉得已經不省人事，兩個僕人只好背着他轉回家去。陶生也醉倒地上，又變化成菊花。馬生見過這種情況，也就不再驚奇，按照上次辦法，把菊花拔出來，放置地上，自己守在一旁，觀察菊花的變化。等呵等呵，待了好長時間，不僅沒有再變成陶生，反而葉子越來越萎縮。馬生這才害了怕，去告訴黃英。黃英一聽，驚嚇得説："害了我弟弟了！"急忙跑去一看，那菊花枝葉、花根都乾枯了。她十分痛心地掐下一段花梗，埋在花盆裡，帶回閨房。天天澆水灌溉，細心照料。馬生後悔得要死，很是埋怨曾生。過了幾天，聽說曾生那天回去就一直沒醒過來，已經醉死了。

盆裡栽的花，慢慢出了芽，長了骨朵。到了九月，菊花開放，枝幹很短，花朵粉色，聞起來有股子酒香味，起名叫做"醉陶"，用酒來澆，長得更加茂盛。

後來，陶生的女兒長大了，嫁給個官宦人家。黃英跟馬生過了一輩子，直到老死，也沒有出現甚麼奇異的事情。

趣味重溫（3）

一，你明白嗎

1. 〈鴉頭〉中，以下哪一個<u>不是</u>鴉頭出走的原因？

    a. 王文引誘她。

    b. 鴉頭不能忍受母親責打。

    c. 鴉頭不願意再當妓女。

    d. 王文忠厚老實，可以終身相託。

2. 〈司文郎〉中，王生前兩次考試均落榜，以下哪個<u>不是</u>他落榜的原因？試打 √ 號。

    a. 王生答錯題目。（ ）

    b. 考官糊塗。（ ）

    c. 王生前生作孽。（ ）

    d. 陰司管文運的梓潼府，臨時叫了個耳聾童子代理。（ ）

    e. 王生考試犯規。（ ）

3. 〈席方平〉中，以下哪一項是席方平父子在陰司吃苦受刑的原因？試在括號內打√。

a. 席方平父親生前與富戶羊某結下怨仇。（ ）

b. 席方平不接受閻王給他轉生到富貴人家，送他百年陽壽的好處。（ ）

c. 羊某買通陰司上下。（ ）

d. 席方平在陰司裡到處告狀。（ ）

二，想深一層

1. 根據〈席方平〉的內容，在正確判斷後打√，錯誤的判斷後打 X。

a. 席方平父親在陰司看見兒子也死了，淚水嘩地流下來。（ ）

b. 席方平父親生前作孽太多，故死後被嚴刑拷打。（ ）

c. 席方平沒被鋸死，因為行刑的小鬼可憐他一片孝心。（ ）

d. 席方平鍥而不捨地告狀，父子倆終於沉冤得雪。（ ）

e. 作者描寫席方平在陰司的遭遇，是要勸人生前多做善事。（ ）

2. 在〈黃英〉以下片段，陶生為甚麼笑而不答？試簡單解釋。

說起話來，馬生就問："你家姐姐怎麼也不出嫁呢？"陶生回答說："還不到時候！"馬生又問："要到甚麼時候呢？"陶生說："四十三個月！"馬生莫名其妙，追問："這是甚麼意思？"陶生只是微微笑着，不回答問題。

3. 蒲松齡筆下的狐妖精怪往往有人的性情，試選取合適詞句來形容有底線標示的狐妖精怪。

選取項：孝順　　希望過富裕安穩的日子　　貪財　　狡猾　　擅於辭令

出　處	狐妖精怪的描寫		性　情
〈鴉頭〉	王文拜謝了，趕緊到店裡拿出全部錢財，只有五兩銀子，回來後硬請趙東樓送交<u>老媽媽</u>。老媽媽果然嫌少。		a
〈鴉頭〉	王孜交出兩張狐皮。<u>鴉頭</u>氣極了，罵道："忤逆！怎能這麼幹！"號咷大哭起來，後悔得捶打自己，痛苦得不想活了。		b
〈狼三則〉	不多會兒，一隻<u>狼</u>直接走了，另一隻狼像狗般蹲坐在前面，待了好大一陣子，眼似乎閉起來，意態很是閑散。……正要走路，轉身看看柴垛後面，那另一隻狼正在挖洞，打算打個暗洞進去，從後面攻擊殺豬人。		c
〈黃英〉	<u>陶生</u>微笑一下，說："自食其力，不算是貪財；做花草生意，不能說是俗氣。人固然不可用不正當手段追求財富，可是也不必專門去尋求貧困呀！"		d
〈黃英〉	<u>黃英</u>說："你不願意過富裕日子，我也不能過窮苦生活。實在沒辦法，我們分開過，那就清白的自己清白，渾濁的自己渾濁，那有甚麼不好呢！"		e

4. 〈司文郎〉中，角色的語言口吻都很能配合身分和展現性格，試連線配對。（按：一個角色或會配對超過一個語言口吻描述）

角色	語言口吻描述	性格
王生 •	• 聽了就不作文了，起身説："這人還有點小才分罷了！"	• 衝動
	• "這真是你的老師呵！開頭不知道就猛地聞了一下，刺了鼻子，扎了肚子，膀胱也不收留，直從下面放出去了。"	• 刻薄
宋生 •	• 又慚愧又氣惱，揚起眉毛，捋起袖子，大聲説："敢立刻出題比較比較文章嗎？"	• 善妒
	• 竭力用做人不可輕薄的道理勸説，宋生很是感動，深為佩服。	• 有急才
和尚 •	• 嘴説就行了。我的破題已有了："於賓客往來之地，而見一無所知之人焉。"	• 忠厚，知足
	• 堅持請求看看王生的文章，……看見上面很多圈點，笑着説："這很像是水餃呢！"	• 厚道
餘杭生 •	• "以前竇儀和范仲淹雖然貧窮，遇到外財卻不取用，如今我幸而還能自己維持，敢貪財沾污自己嗎！"	• 率直、粗俗

三，延伸思考

1. 〈鴉頭〉中，趙東樓歎息説："如今才明白和妓女相好，不能太認真呵！還説甚麼呢！"他曾有甚麼遭遇呢？

2. 〈狼三則〉之末説"殺豬人的本事，也能用來殺狼呢！"。作者想表達甚麼意思呢？

3. 〈司文郎〉中，司文郎説王生"可是你的命薄，不能夠做官呵！"，你認為人的成功與命運有關嗎？

4. 〈席方平〉中，陰司裡連閻王判官都貪贓枉法，為甚麼作者要編這個故事？

絕不沉悶的筆記小說

　　《聊齋誌異》的故事大都短小精悍，而且從敘述之中，可知此書是作者把奇異見聞記錄下來結集而成的，這都屬於中國小說中"筆記小說"一類的風格。

　　顧名思義，筆記小說就像筆記一般，不會太長。筆記小說在很早以前就已經出現了，用文言文寫成。既是筆記，題材自然沒甚麼限制，人事、笑話、鬼怪、風俗、社會現狀等記錄一番，都可以寫成短小篇章的筆記小說。

　　或許大家對筆記小說仍茫無頭緒，舉幾個例子吧。相信大家都聽過"孔融讓梨"的故事了，這是出於南朝宋時劉義慶的《世說新語》，此書就是筆記小說的一種，專記載當時軼事。劉義慶以靈動活潑的語言，生動地把時人的言語、行為、形貌、操守、性格等等寫出來，又富有深刻的意味。

　　人人都愛聽笑話，文人又怎會整天正經八百地讀四書五經呢？於是他們就筆記詼諧滑稽的故事，例如《笑林廣記》、《笑林》、《啟顏錄》、《笑笑錄》等，就舉一例吧：

　　話說兩個兒子吃午飯，問父親用甚麼菜來佐餐，父說："古人望梅止渴，你們可看着牆上掛的鹹魚，看一眼，吃一口，就能佐餐了。"兩個兒子依言而行，忽然小兒子大叫說："哥哥多看了一眼！"父說："鹹死他！"《笑林廣記·貪吝部·下飯》

　　除了講笑話，文人也會把一些神怪離奇的故事筆錄下來，蒲

吹笙引鳳圖畫像磚

魏晉南北朝社會黑暗，文人對政治噤若寒蟬，只清談名理，或以鬼怪故事、名人軼事等為談資，是當時《世說新語》、《搜神記》一類筆記小說產生的背景。古人清談時必執塵尾（閒談時用來驅蟲、揮塵的工具），相沿成習，為名流雅器，不談時亦常執在手。圖中就連仙人浮丘公也手拿塵尾，可見當時清談之風。

松齡的《聊齋誌異》就是。但中國又怎會只有一本志怪筆記小說呢？早在晉代就有干寶寫的《搜神記》，可以說是這類小說的祖師爺了。據說干寶的母親是個醋罈子，丈夫死了，她就把丈夫寵愛的婢女活活封在墓穴之內。誰知過了多年，干寶要改葬他父親時，發現那婢女依然活着，並且說在地下之時，與其父感情挺好呢！干寶因此就覺得許多奇異之事確是可信的，便搜集材料寫成《搜神記》。歷代志怪筆記小說不勝枚舉，如南北朝時還有《異苑》、《述異記》、《齊諧記》等，宋代有《夷堅志》、清代有《閱微草堂筆記》等。

　　人人都說文言文難讀，但這些筆記小說是文言寫成的，怎麼辦呢？其實坊間有不少白話譯本。文言小說用字少，很精煉。白話譯時，要注意忠於原文，表達原文的神髓，才能稱得上是一本好的白話本子。試找一本，走進筆記小說的趣味殿堂吧！

參考答案

趣味重溫（1）

一， 你明白嗎
  1. a. 立春；   b. 買賣人家；   c. 彩樓子；   d. 長官衙門；
     e. 大紅袍；   f. 逛着玩的人；   g. 嘈嘈嘈嘈；   h. 鼓聲　喇叭聲
  2. c
  3. d
  4. b
  5.

情節	順序	起伏
道士持木劍收伏了惡鬼。	7	↑
道士告訴王妻可向市上的髒瘋子求助。	9	↑
王生尋得道士救命，道士送他蠅拂辟邪。	4	↑
王妻嘔出的活心，跌進王生胸膛中，王生復生。	11	↑
惡鬼找上門，破門入屋殺了王生，挖了他的心。	5	↓
道士不能把王生起死回生。	8	↓
王生在市集上遇上道士，道士説他中了邪。	2	↓
王生在路上遇上美女，她願跟王生返家，並與他一塊睡。	1	↑
王妻向道士求救，道士發現惡鬼走得不遠。	6	↑
髒瘋子羞辱王妻，要她吃他的痰涎。	10	↓
王生窺見美女原來是惡鬼，正拿着人皮描畫。	3	↓

  6. a. （√）
    b. （　）
    c. （√）
    d. （　）

二， 想深一層
  1. a. （X）
    b. （√）
    c. （X）
    d. （X）
    e. （√）

2.

內文描寫	心情流露
人們屏氣靜心地等了好大一陣子，從天上忽然掉下個桃子來，像飯碗那麼大的個兒。	悲哀
那幾個官兒，手托着桃，你傳給我，我傳給你，端詳了好久，也分辨不清楚這桃子是真的還是假的。	驚恐
突然，繩子刷地一聲，噗啦啦落在地上，全院人都大吃一驚。	害怕和驚奇
人們的心揪得緊緊地，滿院一片哀傷氣氛。	嚇呆了
變戲法的嗚嗚地大哭起來，將掉落在地面上的殘肢，一一揀起來……堂上的官們，……這個那個的都給了些賞錢。	緊張
突然，一個亂蓬蓬頭髮的兒童，頭頂起箱子蓋鑽了出來，朝北跪下叩了個頭。大伙都給驚呆了，定睛細看，這個兒童正是變戲法人的兒子！	懷疑

3. a. 説話　　　　b. 形象　動作　　　　c. 心態　動作　　d. 聲音
　　e. 心態　動作　　f. 心態　動作　情景　　g. 情景

4.

內文描寫形貌	性格
"小娘子確是畫上人物，要是我是個男人，也被你勾了魂去了。"	柔弱
"妖精經常威脅差遣幹下賤事情，厚着臉皮侍奉人家，實在不自願。"	十分漂亮
到了黃昏，就告辭退下，常到書齋，靠近燈火唸誦經文。	懂書畫
女子臨走時哭着説："我陷進無邊苦海裡，尋求不到堤岸。"	勤奮，願操持家務
寧生囑咐她坐下等一會兒，自己先進去告訴母親，……正説話間，小倩輕悄悄走進房子，跪下叩頭。	寧靜而安份
小倩説："孩兒實在是一心一意。陰間人既然不能得到老母親的信任，那就拿寧生當做哥哥來看待；我跟着老母親，早晚伺候你老人家，怎麼樣！"	講廉恥、婦道
原先，寧生的妻子病倒不能操勞家務事，母親勞累得受不了。自從小倩來了，母親自己很安逸，心裡感謝小倩。	真心誠意
小倩問："夜間讀書不讀？我小時候唸《楞嚴經》，如今大半都忘記了，請給我找一卷，晚上空閑時間請哥哥指正。"……擅長畫蘭花梅花。	乖巧有禮

三， 延伸思考
(此部分不設答案，讀者可自由回答。)

趣味重溫(2)

一， 你明白嗎
1. b
2. a
3. a. (√)　　　　b. (√)　　　　c. (X)　　　　d. (X)
4. a. 團團棉絮；　　b. 船上；　　c. 軟綿綿；　　d. 眼前；
　　e. 蓮子在蓮蓬上；　f. 甕；　　g. 瓶；　　h. 盅子；
　　i. 堅硬不動；　　j. 龍；　　k. 摔鞭子般響；　l. 容器；
　　m. 拿家雜舀水
5. d

二， 想深一層
1. a. (　)　b. (√)　c. (√)　d. (√)　e. (√)
2.

形象描寫	性格特徵
金家父子上得船頭，王十八乘機一膀子把金大用推下河去……。這時王十八才呔喝救人！其實，金母出艙門的時候，庚娘隨在後面，剛才發生的事情，都看得清清楚楚了。聽到一家人都掉進河裡，她也不驚慌，只是嗚嗚地哭着説：「公公婆婆都沒有了，我可往哪裡去呢！」	膽大心細
王十八假心假意地勸説着：「娘子也不必發愁！跟我去南京吧！我家裡有房子有地，過得還算富裕，保你今後日子過得歡暢！」庚娘止住了淚，説：「要能這麼着，我也就心滿意足了。」王十八一聽，滿心歡喜，一天來又是端茶又是送飯，招待得很是周到。	有計謀，藉詞推託
進了臥房，王十八又要親近庚娘。庚娘推開他，笑着説：「三十歲的人了，還這麼不解事！人家老百姓成親，還喝上一杯水酒呢！你家裡也是富戶，可不能這麼草草了事。即使不能張燈結綵，至少也得辦桌酒席才是呀！」	念舊恩
王十八不忍拒絕，端起來一飲而盡。這次終於醉了，脱掉衣服到床上睡下。庚娘吹熄了蠟燭，藉口解手，輕輕出了房門，偷偷把菜刀抓在手裡，摸着黑來到床前，伸手摸索王十八的脖子。	謀定後動
庚娘猛力揮刀砍了下去。誰知這一刀並沒砍死，王十八噯的一聲要蹦起來。庚娘接着又是一刀，他這才一命嗚呼，沒了狗命。	精明，假心假意應對
鄰居們檢查王十八屍體的時候，發現在窗戶台上有一封信，拆開來看，是庚娘寫的。信裡詳詳細細述説王十八怎麼謀害了她全家人。	臨危不亂，不大呼小叫
庚娘拉着唐氏的手説：「同船時那一席暖心話，心裡至今忘不下。想不到竟然成了一家人。前幾年多虧你代替我埋葬了公婆，該當鄭重地向你道謝呀！我們之間，哪能以主人丫頭的禮節見面呢！」	絕不婦人之仁

3. a. (√)　　　b. (　)　　　c. (√)　　　d. (√)

4.

事情順序　　　　　　　　　　　　　　　　　　　**心情**

趕到捕捉到手裡時，蛐蛐兒已經掉了大腿，裂了肚子，不多會兒就死了。兒子……　　　　　　　　　　　　　　　　　心裡還有埋怨

媽媽一聽，臉色灰白。　　　　　　　　　　　　　氣忿忿地

不多時，成名回家來，聽到妻子説的情況……　　　　　　　　　　　　有點歡喜

他去找兒子，可是兒子無影無蹤，不知何處去了。　　　　　　　　　　　　悲傷

後來，成名在一口井裡找到兒子的屍體。　　　　　　　　　　　　心裡稍微熨貼些

夫妻兩口子呆坐在牆角，也不生火做飯，只是沉默着臉對臉看着。　　　　　　很害怕，哭了

天快黑了，準備將兒子用蓆捲起來去埋葬。靠近撫摸，覺得還有輕微的喘息。　　　　　　如同冰雪澆身

到了半夜，兒子又復活了。　　　　　　　　　　絕望

成名回頭看看蛐蛐籠子空空的，就忍氣吞聲，也不把兒子死活放在心上了。　　　　　　十分驚怕

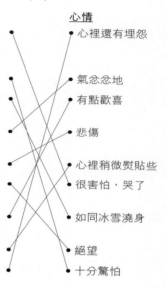

三， 延伸思考
(此部分不設答案，讀者可自由回答。)

趣味重溫(3)

一， 你明白嗎
　1. a
　2. a. (√)　　　b. (　)　　　c. (　)　　　d. (　)　　　e. (　)
　3. a. (√)　　　b. (　)　　　c. (√)　　　d. (√)

二， 想深一層
　1. a. (X)　　　b. (X)　　　c. (√)　　　d. (√)　　　e. (X)
　2. 陶生推算到四十三個月後，馬生之妻便會去世，到時他將把姐姐嫁給馬生。但維時尚早，不想洩漏天機，因此只微笑不答。
　3. a. 貪財；
　　b. 孝順；
　　c. 狡猾；
　　d. 擅於辭令；
　　e. 希望過富裕安穩的日子

4.

角色	語言口吻描述	性格

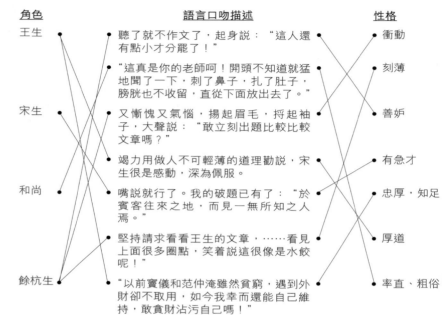

角色：
王生
宋生
和尚
餘杭生

語言口吻描述：
聽了就不作文了，起身説："這人還有點小才分罷了！"

"這真是你的老師呵！開頭不知道就猛地聞了一下，刺了鼻子，扎了肚子，膀胱也不收留，直從下面放出去了。"

又慚愧又氣惱，揚起眉毛，捋起袖子，大聲説："敢立刻出題比較比較文章嗎？"

竭力用做人不可輕薄的道理勸説，宋生很是感動，深為佩服。

嘴説就行了。我的破題已有了："於賓客往來之地，而見一無所知之人焉。"

堅持請求看看王生的文章，……看見上面很多圈點，笑着説這很像是水餃呢！"

"以前竇儀和范仲淹雖然貧窮，遇到外財卻不取用，如今我幸而還能自己維持，敢貪財沾污自己嗎！"

性格：
衝動
刻薄
善妒
有急才
忠厚，知足
厚道
率直、粗俗

三，延伸思考
(此部分不設答案，讀者可自由回答。)